人生小满 胜万全

梁实秋◎著

海南出版社
·海口·

图书在版编目（CIP）数据

人生小满胜万全 / 梁实秋著 . -- 海口：海南出版社，2024. 4 (2025. 2 重印).

ISBN 978-7-5730-1514-3

Ⅰ. ①人… Ⅱ. ①梁… Ⅲ. ①散文集 – 中国 – 当代
Ⅳ. ① I267

中国版本图书馆 CIP 数据核字 (2024) 第 000225 号

人生小满胜万全

RENSHENG XIAOMAN SHENG WANQUAN

作　　者：梁实秋
责任编辑：吴宗森
策划编辑：宣佳丽
特约编辑：吴　青
执行编辑：于同同
装帧设计：MM末末美书 QQ:3218619296
责任印制：郯亚喃
印刷装订：北京兰星球彩色印刷有限公司
读者服务：张西贝佳
出版发行：海南出版社
总社地址：海口市金盘开发区建设三横路 2 号
邮　　编：570216
北京地址：北京市朝阳区黄厂路 3 号院 7 号楼 101 室
电　　话：0898-66812392　010-87336670
电子邮箱：hnbook@263.net
经　　销：全国新华书店
版　　次：2024 年 4 月第 1 版
印　　次：2025 年 2 月第 2 次印刷
开　　本：880 mm × 1 230 mm　1/32
印　　张：10
字　　数：154 千字
书　　号：ISBN 978-7-5730-1514-3
定　　价：49.00 元

目录

第一章 人间烟火 解千忧

第二章 心守一事 去生活

第三章 人人能有闲暇

第四章 况逢一朵花新

吃饭睡觉，稀松平常之事，
但是其中有大道理。

第一章 人间烟火解千忧

吃

我们中国人讲究吃，是世界第一。
此非一人之言也，天下人之言也。

据说饮食男女是人之大欲，所以我们既生而为人，也就不能免俗。然而讲究起吃来，这其中有艺术，又有科学，要天才，还要经验，尽毕生之力恐怕未必能穷其奥妙。听说美国哥伦比亚大学师范院[1]（就是杜威克伯屈[2]的讲学之所），就有好几门专研究吃的学科。甚笑哉，吃之难也！

我们中国人讲究吃，是世界第一。此非一人之言也，

〔1〕 现为哥伦比亚大学师范学院。——编者注

〔2〕 杜威是美国著名哲学家、教育家、心理学家。克伯屈是美国进步主义教育家。——编者注

天下人之言也。随便哪位厨师，手艺都不在杜威克伯屈的高足之下。然而一般中国人之最善于吃者，莫过于北京的破旗人。从前旗人，坐享钱粮，整天闲着，便在吃上用功，现在旗人虽多中落，而吃风尚未尽泯。四个铜板的肉，两个铜板的油，在这小小的范围之内，他能设法调度，吃出一个道理来。富庶的人，更不必说了。

单讲究吃得精，不算本事。我们中国人外带着肚量大。一桌酒席，可以连上一二十道菜，甜的、咸的、酸的、辣的，吃在肚里，五味调和。饱餐之后，一个个的吃得头部发沉，步履维艰。不吃到这个程度，便算是没有吃饱。

荀子曰："无廉耻而嗜乎饮食，可谓恶少者也。"我们中国人，迹近恶少者恐怕就不在少数。

吃相

细细的两根竹筷，搦在手上，运动自如，能戳、能夹、能撮、能扒，神乎其技。

一位外国朋友告诉我，他旅游西南某地的时候，偶于餐馆进食，忽闻壁板砰砰作响，其声清脆，密集如连珠炮，向人打听才知道是邻座食客正在大啖其糖醋排骨。这一道菜是这餐馆的拿手菜，顾客欣赏这个美味之余，顺嘴把骨头往旁边喷吐，你也吐，我也吐，所以把壁板打得叮叮当当响。不但顾客为之快意，店主人听了也觉得脸上光彩，认为这是大家为他捧场。这位外国朋友问我这是不是国内各地普遍的风俗，我告诉他我走过十几省还不曾遇见过这样的场面，而且当场若无壁板设备，或是顾客嘴部筋肉不够发达，此种盛况即不易发生。可是我心中暗想，天下之大，无奇不有，这样的事恐怕亦不无发生的可能。

《礼记》有“毋啮骨”之诫，大概包括啃骨头的举动在内。糖醋排骨的肉与骨是比较容易脱离的，大块的骨头上所连带着的肉若是用牙齿咬断下来，那龇牙咧嘴的样子便觉不大雅观。所以“割不正不食”“席不正不食”都是对于在桌面上进膳的人而言，啮骨应该是桌底下另外一种动物所做的事。不要以为我们一部分人把排骨吐得噼啪响便断定我们的吃相不佳。各地有各地的风俗习惯。世界上至今还有不少地方是用手抓食的。听说他们是用右手取食，左手则专供做另一种肮脏的事，不可混用，可见也还注重清洁。我不知道像咖喱鸡饭一类黏糊糊儿的东西如何用手指往嘴里送。用手取食，原是古已有之的老法。罗马皇帝尼禄大宴群臣，他从一只硕大无比的烤鹅身上扯下一条大腿，手举着“鼓槌”，歪着脖子啃而食之，那副贪婪无厌的饕餮相我们可于想象中得之。罗马的光荣不过尔尔，等而下之不必论了。欧洲中古时代，餐桌上的刀叉是奢侈品，从十一世纪到十五世纪不曾被普遍使用，有些人自备刀叉随身携带，这种作风一直延至十八世纪还偶尔可见。据说在酷嗜通心粉的国度里，市廛道旁随处都有贩卖通心粉（与不是通心粉）的摊子，食客都是伸出右手像是五股钢叉一般把粉条一卷就送到口里，干净利落。

不要耻笑西方风俗鄙陋，我们泱泱大国自古以来也是双手万能。《礼记》："共饭不泽手。"吕氏注曰："不泽手者，古之饭者以手，与人共饭，摩手而有汗泽，人将恶之而难言。"饭前把手洗洗揩揩也就是了。樊哙把一块生猪肘子放在铁盾上拔剑而啖之，那是鸿门宴上的精彩节目，可是那个吃相也就很可观了。我们不愿意在餐桌上挥刀舞叉，我们的吃饭工具主要的是筷子，筷子即箸，古称饭攲。细细的两根竹筷，搦在手上，运动自如，能戳、能夹、能撮、能扒，神乎其技。不过我们至今也还有用手进食的地方，像从兰州到新疆，"抓饭""抓肉"都是很驰名的。我们即使运用筷子，也不能不有相当的约束。若是频频夹取如金鸡乱点头，或挑肥拣瘦地在盘碗里翻翻弄弄如拨草寻蛇，就不雅观。

餐桌礼仪，中西都有一套。外国的餐前祈祷，兰姆的描写可谓淋漓尽致。家长在那里低头闭眼，口中念念有词，孩子们很少不在那里做鬼脸的。我们幸而极少宗教观念，小时候不敢在碗里留下饭粒，是怕长大了娶麻子媳妇，不敢把饭粒落在地上，是怕天打雷劈。喝汤而不准吮吸出声是外国规矩，我想这规矩不算太苛，因为外国的汤盆很浅，好像都是狐狸请鹭鸶吃饭时所使用的器皿，一盆汤端到桌上不可能是烫嘴热的，慢一点灌进嘴里去就可以不至于出声。若是喝一口我们的所谓“天下第一菜”口蘑锅巴汤而不出一点声音，岂不强人所难？从前我在北方家居，邻户是一个治安机关，隔着一堵墙，墙那边经常有几十口子在院子里进膳，我可以清晰地听到“呼噜，呼噜，呼——噜”的声响，然后是“咔嚓！”一声。他们是在吃炸酱面，于猛吸面条之后咬一口生蒜瓣。

餐桌的礼仪要重视，但不要太重视。外国人吃饭不但要席正，而且要挺直腰板，把食物送到嘴边。我们“食不厌精，脍不厌细”，要维持那种姿势便不容易。我见过一位女士，她的嘴并不比一般人小多少，但是她喝汤的时候真能把上下唇撮成一颗樱桃那样大，然后以匙尖触到口边徐徐吮饮之。这和把整个调羹送到嘴里面的人比较起来，又近于矫枉过正了。人生贵适意，在环境许可的时候是不妨稍为放肆一点。吃饭而能充分享受，没有什么太多礼法的约束，细嚼烂咽，或风卷残云，均无不可，吃的时候怡然自得，吃完之后抹抹嘴鼓腹而游，像这样的乐事并不常见。我看见过两次真正痛快淋漓地吃，印象至今犹新。一次在北京的“灶温”，那是一爿道地的北京小吃馆。棉帘启处，进来了一位赶车的，即是赶轿车的车夫，辫子盘在额上，衣襟掀起塞在褡布底下，大摇大摆，手里托着菜叶裹着的生猪肉一块，提着一根马兰系着的一撮韭黄，把食物往柜台上一拍：“掌柜的，烙一斤饼！再来一碗炖肉！”等一下，肉丝炒韭黄端上来了，两张家常饼一碗炖肉也端上来了。他把菜肴分为两份，一份倒在一张饼上，把饼一卷，比拳头要粗，两手扶着，矗立在盘子上，张开血盆巨口，左一口，右一口，中间一口！不大的工夫，一张饼下肚，又一张也不见了，直吃得他青筋暴露、满脸大汗，挺起腰身连打两个大饱嗝。又一次，我在青岛寓所的后山坡上看见一群石匠在凿山造房，晌午歇工，有人送饭，打开笼屉热气腾腾，里面是半尺来长的酸面蒸饺，工人蜂拥而上，每人拍拍手掌便抓起饺子来咬，饺子里面露出绿韭菜馅。又有人挑来一桶开水，上面漂着一个瓢，一个个红光满面围着桶舀水吃。这时候又有挑着大葱的小贩赶来兜售那像甘蔗一般粗细的大葱，登时又人手一截，像是饭后进水果一般。上面这两个景象，我久久不能忘，他们都是自食其力的人，心里坦荡荡的，饥来吃饭，取其充腹，管什么吃相！

睡

劳苦分子，生活简单，日入而息，日出而作，不容易失眠。

我们每天睡眠八小时，便占去一天的三分之一，一生之中三分之一的时间于“一枕黑甜”之中度过，睡不能不算是人生一件大事。可是人在筋骨疲劳之后，眼皮一垂，枕中自有乾坤，其事乃如食色一般自然，好像是不需措意。

豪杰之士有“闻午夜荒鸡起舞”者，说起来令人神往；但是五代时之陈希夷，居然隐于睡，据说“小则亘月，大则几年，方一觉”，没有人疑其为有睡病，而是传为美谈。这样的大量睡眠，非常人之所能。我们的传统的看法，大抵是不鼓励人多睡觉。昼寝的人早已被孔老夫子斥为不可造就，使得我们居住在亚热带的人午后小憩（西班牙人所谓“siesta”）时内心不免惭愧。后汉时有一位边孝先，也是为了睡觉受他的弟子们的嘲笑，“边孝先，腹便便，懒读书，但欲眠。”佛说在家戒法，特别指出“贪睡眠乐”为“精进波罗蜜”之一障。大概倒头便睡，等着太阳晒屁股，其事甚易，而掀起被衾，跳出软暖，至少在肉体上做“顶天立地”状，其事较难。

其实睡眠还是需要适量。我看倒是睡眠不足为害较大。睡眠是自然的第二道菜，亦即最丰盛的主菜之谓。多少身心的疲惫都在一阵“装死”之中涤除净尽。车祸的发生时常因为驾车的人在打瞌睡。衙门机构一些人员之一张铁青的脸，傲气凌人，也往往是由于睡眠不足，头昏脑涨，一肚皮的怨气无处发泄，如何能在脸上绽出人类所特有的笑容？至于在高位者，他们的睡眠更为重要，一夜失眠，不知要造成多少纰漏。

睡眠是自然的安排，而我们往往不能享受。以“天知地知我知子知”闻名的杨震，我想他睡觉没有困难，至少不会失眠，因为他光明磊落。心有恐惧，心有挂碍，心有忮求，倒下去只好辗转反侧，人尚未死而已先不能瞑目。《庄子》所谓“至人无梦”，《楞严经》所谓“梦想消灭，寝寤恒一”[1]，都是说心里本来平安，睡时也自然踏实。劳苦分子，生活简单，日入而息，日出而作，不容易失眠。听说有许多治疗失眠的偏方，或教人计算数目，或教人想象中描绘人体轮廓，其用意无非是要人收敛他的颠倒妄想，忘怀一切，但不知有多少实效。愈失眠愈焦急，愈焦急愈失眠，恶性循环，只好瞪着大眼睛，不觉东方之既白。

睡眠不能无床。古人席地而坐卧，我由“榻榻米”体验之，觉得不是滋味。后来北方的土炕、砖炕，即较胜一筹。近代之床，实为一大进步。床宜大，不宜小。今之所谓双人床，阔不过四五尺，仅足供单人翻覆，还说什么“被底鸳鸯”？

莎士比亚《第十二夜》提到一张大床，英国Ware地方某旅舍有大床，七尺六寸高，十尺九寸阔，雕刻甚工，可睡十二人云。尺寸足够大了，但是睡上一打，其去沙丁鱼也几希，并不令人羡慕。讲到规模，还是要推我们上国的衣冠文物。我家在北平即藏有一旧床，杭州制，竹篾为绷，宽九尺余，深六尺余，床架高八尺，三面隔

[1]《楞严经》所载：“梦想消灭，寤寐恒一”。——编者注

扇，下面左右床柜，俨然是一间小屋，最可人处是床里横放架板一条，图书，盖碗，桌灯，四干四鲜，均可陈列其上，助我枕上之功。洋人的弹簧床，睡上去如落在棉花堆里，冬日犹可，夏日燠不可当。而且洋人的那种铺被的方法，将身体放在两层被单之间，把毯子裹在床垫之上，一翻身肩膀透风，一伸腿脚趾戳被，并不舒服。佛家的八戒，其中之一是“不坐高广大床”，和我的理想正好相反，我至今还想念我老家的那张高广大床。

睡觉的姿态人各不同，亦无长久保持“睡如弓”的姿态之可能与必要。王右军那样的东床坦腹，不失为潇洒。即使佝偻着，如死蚯蚓，匍匐着，如癞蛤蟆，也不干谁底事。北方有些地方的人士，无论严寒酷暑，入睡时必脱得一丝不挂，在被窝之内实行天体运动，亦无伤风化。唯有鼾声雷鸣，最使不得。宋张端义《贵耳集》载一条奇闻：“小童刘垂范往寇，其徒以睡告。刘坐寝外闻鼻鼾之声，雄美可听，曰：‘寇先生睡有乐，乃华胥调。’”所谓“华胥调”见陈希夷故事，据《仙佛奇踪》：“陈抟居华山，有一客过访，适值其睡。旁有一异人，听其息声，以墨笔记之。客怪而问之，其人曰：‘此先生华胥调混沌谱也。’”华胥氏之国我不曾游过，华胥调当然亦无从欣赏，若以鼾声而论，我所能辨识出来的谱调顶多是近于“爵士新声”，其中可能真有“雄美可听”者。不过睡还是以不奏乐为宜。

睡也可以是一种逃避现实的手段。在这个世界活得不耐烦而又不肯自行退休的人，大可以掉头而去，高枕而眠，或竟曲肱而枕，眼前一黑，看不惯的事和看不入眼的人都可以暂时撇在一边，像鸵鸟一般，眼不见为净。明陈继儒《珍珠船》记载着：“徐光溥为相，喜论事，为李昊等所嫉。后不言，每聚议，但假寐而已，时号‘睡相’。”一个做到首相的人，开会不说话，一味假寐，真是懂得明哲保身之道，比危行言逊还要更进一步。这种功夫现代似乎尚未失传。

萝卜汤的启示

少说废话，这便是秘诀，和汤里少加萝卜、少加水是一个道理。

抗战时期我初到重庆，暂时下榻于上清寺一位朋友家。晚饭时，主人以一大钵排骨萝卜汤飨客，主人谦逊地说："这汤不够味。我的朋友杨太太做的排骨萝卜汤才是一绝，我们无论如何也仿效不来，你去一尝便知。"杨太太也是我的熟人，过几天她邀我们几个熟人到她家去餐叙。

席上果然有一大钵排骨萝卜汤。揭开瓦钵盖，热气冒三尺。每人舀了一小碗。喔！真好吃。排骨酥烂而未成渣，萝卜煮透而未变泥。汤呢？热、浓、香、稠。大家都吃得直吧嗒嘴，少不得人人要赞美一番，并且异口同声地向主人探询，做这一味汤有什么秘诀。加多少水，煮多少时候，用文火？用武火？主人只是咧着嘴笑，支支吾吾地说："没什么，没什么，这种家常菜其实上不得台面，不成敬意。"客人们有一点失望，难道说这其间还有什么职业的秘密不成，你不肯说也就罢了。这时节，一位心直口快的朋友开腔了，他说："我来宣布这个烹调的秘诀吧！"大家都注意倾听，他不慌不忙地说："道理很简单，多放排骨，少加萝卜，少加水。"也许他说的是实话，实话往往可笑。于是座上泛起了一阵轻微的笑声。主人顾左右而言他。

宴罢，我回到上清寺朋友家。他问我方才席上所宣布的排骨萝卜汤秘诀是否可信，我说："不妨一试。多放排骨，少加萝卜，少加水。"当然，排骨也有成色可分，需要拣上好的，切萝卜的刀法也有讲究，大小厚薄要适度，火候不能忽略，要慢火久煨。试验结果大成功。杨太太的拿手菜不再是独门绝活。

从这一桩小事，我联想到做文章的道理。文字而掷地作金石声，固非易事，但是要做到言中有物，不令人觉得淡而无味，却是不难办到的。少说废话，这便是秘诀，和汤里少加萝卜、少加水是一个道理。

钱

钱财这个东西，真是难以捉摸，聚散无常。所以谚云："积财千万，不如薄技在身。"

钱这个东西，不可说，不可说。一说起阿堵物，就显得俗。其实钱本身是有用的东西，无所谓俗。或形如契刀，或外圆而孔方，样子都不难看。若是带有斑斑绿锈，就更古朴可爱。稍晚的"交子""钞引"以至于近代的纸币，也无不力求精美雅观，何俗之有？钱财的进出取舍之间诚然大有道理，不过贪者自贪，廉者自廉，关键在于人，与钱本身无涉。像和峤那样的爱钱如命，只可说是钱癖，不能斥之曰俗；像石崇那样的挥金似土，只可说是奢汰，不能算得上雅。俗也好，雅也好，事在人为，钱无雅俗可辨。

有人喜集邮，有人喜集火柴盒，也有人喜集戏报子，也有人喜集鼻烟壶，也有人喜集砚、集墨、集字画古董，甚至集眼镜、集围裙、集三角裤，各有所好，没有什么道理可讲。但是古今中外几乎人人都喜欢收集的却是通货。钱不嫌多，愈多愈好。庄子曰："钱财不积，则贪者忧。"岂止贪者忧？不贪的人也一样地想积财。

人在小的时候都玩过扑满，这玩意儿历史悠久。《西京杂记》："扑满者，以土为器，以蓄钱，有入窍而无出窍，满则扑之。"北平叫卖小贩，有喊"小盆儿小罐儿"的，担子上就有大大小小的扑满，全是陶土烧成的，"形状不雅，一碰就碎"。虽然里面容不下多少钱，可是孩子们从小就知道储蓄的道理了。外国也有近似扑满的东西，不过通常不是颠扑得碎的，是用钥匙可以打开的，多半作猪形，名之为"猪银行"。不晓得为什么选择猪形，也许是取其大肚能容吧？

我们的平民大部分是穷苦的，靠天吃饭，就怕干旱水涝，所以养成一种饥荒心理："常将有日思无日，莫待无时思有时。"储蓄的美德普遍存在于各阶层。我从前认识一位小学教员，别看她月薪只有区区三十余元，她省吃俭用，省俭到午餐常是一碗清汤挂面洒上几滴香油，二十年下来，她拥有两栋小房（谁忍心说她是不劳而获的资产阶级）。我也知道一位人力车夫，劳其筋骨，为人作马牛，苦熬了半辈子，携带一笔小小的资财，回籍买田娶妻生子做了一个自耕的小地主。这些可敬的人，他们的钱是一文一文积攒起来的。而且他们常是量入为储，每有收入，不拘多寡，先扣一成两成作为储蓄，然后再安排支出。就这样，他们爬上了社会的阶梯。

人无横财不富，马非青草不肥。话虽如此，横财逼人而来，不是人人唾手可得，也不是全然可以泰然接受的。“腰缠十万贯，骑鹤上扬州”，只是一厢情愿的想法，暴发之后，势难持久。君不见：显宦的孙子做了乞丐，巨商的儿子做了龟奴？及身而验的现世报，更是所在多有。钱财这个东西，真是难以捉摸，聚散无常。所以谚云：“积财千万，不如薄技在身。”

钱多了就有麻烦，不知放在哪里好。枕头底下没有多少空间，破鞋窠里面也塞不进多少。眼看着财源滚滚，求田问舍怕招物议，多财善贾又怕风波，无可奈何只好送进银行。我在杂志上看到过一段趣谈：

印第安人酋长某，平素聚敛不少，有一天有了一大口袋钞票存入银行，定期一年。期满之日他要求全部提出，行员把钞票一叠一叠地堆在柜台上，有如山积。酋长看了一下，徐曰：“请再续存一年。”行员惊异，既要续存，何必提出？酋长说：“不先提出，我怎么知道我的钱是否安然无恙地保存在这里？”

这当然是笑话，不过我们从前也有金山银山之说，却是千真万确的。我们从前金融执牛耳的大部分是山西人，票庄掌柜的几乎一律是“老西儿”。据说他们家里就有金山银山。赚了金银运回老家，溶为液体，泼在内室地上，积年累月一勺勺地泼上去，就成了一座座亮晶晶的金山银山。要用钱的时候凿下一块就行，不虞盗贼光顾。没亲眼见过金山银山的人，至少总见过冥衣铺用纸糊成的金童玉女金山银山吧？从前好像还没有近代恶性通货膨胀的怪事，然而如何维护既得的资财，也已经是颇费心机了。如今有些大户把钱弄到外国去，因为那里的银行有政府担保，没有倒闭之虞，而且还为存户保密，服务真是周到极了。

善居积的陶朱公，人人羡慕，但是看他变姓名游江湖，其心里恐怕有几分像是挟巨资逃往国外作寓公，离乡背井的，多少有一点不自在。所以一个人尽管贪财，不可无厌。无冻馁之忧，有安全之感，能罢手时且罢手，大可不必“人为财死”而后已，陶朱公还算是聪明的。

钱，要花出去，才发生作用。穷人手头不裕，为了住顾不得衣，为了衣顾不得食，为了食谈不到娱乐，有时候几个孩子同时需要买新鞋，会把父母急得冒冷汗！贫窭到这个地步，一个钱也不能妄用，只有牛衣对泣的份。小康之家用钱大有伸缩余地，最高明的是不求生活水准之全面提高，而在几点上稍稍突破，自得其乐。有人爱买书，有人爱买衣裳，有人爱度周末，各随所好。把钱集中用在一点上，便可比较容易适度满足自己的欲望。至于豪富之家，挥金如土，未必是福，穷奢极欲，乐极生悲，如果我们举例说明，则近似幸灾乐祸，不提也罢。公元前五世纪雅典的泰蒙，享尽了人间的荣华富贵，也吃尽了世态炎凉的苦头，他最了解金钱的性质，他认识了金钱的本来面目，钱是人类的公娼！与其像泰蒙那样疯狂而死，不如早些疏散资财，做些有益之事，清清白白，赤裸裸来去无牵挂。

蚊子与苍蝇

过了一天非人的生活了，到了夜晚想做一件人做的事，睡觉。

我家里人口众多。除了我和我的太太，还有一个娘姨以外，有几千百只的苍蝇，有几千百只的蚊子。苍蝇蚊子和我们很亲近，苍蝇和我们亲近的时候在早晨，蚊子和我们亲近的时候在夜里。所以我们可以很从容地和它们周旋。一缕阳光从窗子射到我的太太的脸上，随后就有一只苍蝇不远千里而来，绕床三匝，不晓得在何处栖止才好，我蜷卧床头，静以待变。只见这只苍蝇飞去飞来，嗡嗡有声，不偏不倚地正正落在我的太太的鼻尖上。太太的上嘴唇翕动了一下，我揣测她的意思，大概是表示她的鼻尖是有感觉的。那只苍蝇也有本领，真禁得起震动，抖抖翅膀，仍然高踞在鼻尖上。假使苍蝇能老老实实在鼻尖上占一席地，我的太太素来是很有度量的，未尝不可以和它相安无事。无奈那只苍蝇，动手动脚地东搔西挠。太太着实不耐烦，只能伸出手来，加以驱除。太太的鼻尖，像有吸力一般，苍蝇飞起来绕了几个圈子，仍然归到原处。如是者数次。假使苍蝇肯换一个地方，太太或者也可以相当地容忍。她忍不住了，把头钻到被里去。苍蝇甚觉没趣，搭讪着又来和我亲近。

物以类聚，一点也不错。苍蝇的合群心恐怕要在我们中国人以上。记得小时候唱过一首《苍蝇歌》，内中的警句是："一个苍蝇嘤嘤嘤，两个苍蝇嗡嗡嗡，一群苍蝇轰轰轰！"苍蝇的音乐，的确是由清悠以渐至于雄壮。当其嘤嘤的时候，我便从梦中醒来，侧耳而听，等到嗡嗡的时候，我便翻过身去，想在较远的地方去听，到了轰轰的时候，我便兴奋得由床上跳起来了。音乐感人之深，不亦伟哉！

过了一天非人的生活了，到了夜晚想做一件人做的事，睡觉。但是，不忙睡，宝贝的蚊子来了。蚊子由来访以至于兴辞，双方的工作不外下列几种：（一）蚊子奏细乐；（二）我挥手致敬；（三）乐止；（四）休息片刻；

（五）是我不当心，皮肤碰了蚊子的嘴，奇痛；（六）蚊子奏乐；（七）我挥手送客；（八）我痒；（九）我抓；（十）我还痒；（十一）我还抓；（十二）出血；（十三）我睡着了。睡着以后，双方仍然工作，但稍简单一些，前四段工作一概豁免。清晨醒来，察视一夜工作的痕迹，常常发现腿部作玉蜀黍状，一粒一粒地凸起来。有时候面部略微改变一点形状，例如嘴唇加厚，鼻梁增高。有时工作过度，面部一块白一块红的，作豆沙粽子状。据脑筋灵敏的人说，若做一床帐子，则蚊子与苍蝇自然可以不做入幕之宾，有用的精神也可以不用再与蚊蝇亲近了。但我已和太太商量就绪，在下月发薪以前，无论如何，我们仍然要保持大国民的态度，对蚊蝇决不排斥。

花钱与受气

受气不必花钱，花钱则一定要受气。

一个人就不应该有钱，有了钱就不应该花；如其你既有钱，而又要花，那么你就要受气。这是天演公理，不足为奇。

从前我没出息的时候，喜欢自己上街买东西。这已经很是不知自量了，还要拣门面大一点的店铺去买东西。铺户的门面一大，窗户上的玻璃也大，铺子里面服务的先生们的脾气，也跟着就大。我走进这种店铺里面，看看什么都是大的，心里便觉战栗，好像显得自己十分渺小了。人处在这种环境压迫之下，往往忘了自己是买什么东西来的。后来脸皮居然练厚了一点，到大商店里去我居然还能站得稳，虽然心里面有时还不能不跳。但是叫我向柜台里的先生张口买东西，仍然诚惶诚恐。第一，我总觉得我要买的东西太少，恐怕不足以上浊清听，本想买二两瓜子，时常就临机应变，看看柜台里先生的脸色不对，马上就改作半斤，紧张的局势赖此可以稍微缓和一点。东西的好坏，是否合意，我从来不挑剔，因为我是来求人赏点东西的，怎敢挑三拣四地招人讨嫌！假如店里的先生忙，我等一些是不妨事的，今天买不到，明天再来，横竖店铺一时关闭不了。假如为忙着买东西把店伙计累坏了呢，人家也是爹娘养的，怎肯与我干休？所以我到大商店去买东西，因为我措辞失体、礼貌欠周以致使店伙计生点气，那是有的，大的乱子可没有闹过。

后来我的脑筋成熟了一些，思想也聪明了一些，有时候便到小铺子去买东西，然而也不容易。小店铺的伙计倒是肯谦恭下士，我们站在他们面前，有时也敢于抬起头来。可是他们喜欢跟你从容论价。“脸皮欠厚”的人时常就在他们的一阵笑声里吓得跑了。我要买一张桌子，并且在说话的声音里表达出诚恳的意思，他说要五十块钱，我不敢回半句话。不成，非还价不能走出来。我仗着胆子说给十块。好，你听罢，他嘴里念念有词，他鼻里哼哼有声，你再瞧他那副尊容，满脸会罩着一层黑雾，这全是我那十块钱招出来的。假如我的气血足，一时能敌得住，只消迈出大门一步，他会把你请回去，说：“卖给你喽！”于是乎，你的钱也花了，气也受了，而桌子也买了。

此外，如车站邮局银行等公众的地方，也正是我们年青人练习涵养的地方。你看那铁槛杆里的那一张脸，你要是抱着小孩子，最好离远一些，留神吓坏了孩子。我每次走到铁槛窗口，虽然总是送钱去，却总觉得我好像是向他们要借债似的。每一次做完交易，铁槛里面的脸是灰的，铁槛外面的脸是红的！铁槛外面的唾沫往里面溅，铁槛里面的冷气往外面喷！

受气不必花钱，花钱则一定要受气。

好容易过了端午节

先生小姐们，这件事在你们也许不大理会，但是在我就是一件性命交关的事，这件事便是还账！

好容易过了端午节！我昨天一天以内，因为受了精神上压迫，头部和背部流出来的汗，聚在一起，恐怕要在一加仑以上。为什么要在端午节那天出这些汗呢？这就一言难尽了，容我分作许多言来说罢。

过端午节，吃粽子，喝雄黄酒，悬菖蒲，这些事都很足以令人乐观，做起来也无须出汗。但是除此以外，还有一件极重大的事。先生小姐们，这件事在你们也许不大理会，但是在我就是一件性命交关的事，这件事便是还账！柴、米，两项大宗的账，不能不还的。但是店铺也真太不原谅人，还账只准用钱还，而我所缺乏的只是钱。

一清早，叩门声甚急。我战战兢兢地开了门，只见一个着短衣的人，手里拿着一张纸条，问我："这里是姓王吗？"我登时面无人色，吞吞吐吐地从喉咙深处哼出一声："是的！"我伸手把纸条接过来，心里想着也不必看了，一定是来要钱的。我懒洋洋地走上楼，像小孩子上学似的，一步一步地挨着走，心里真有一点悲哀。前天到当铺里当得五块钱，这一笔账还可以付，第二笔便无法付了。我把钱拿在手里，低头一看账单，咦！哪里是一张账单，上面分明写着："王兄：兹送上枇杷一筐，诸希哂纳是幸。弟李思缘拜。"原来李先生送节礼来了。我笑了。

"喂，你把那筐枇杷拿进来吧……这是给你的酒力钱……回去谢谢李先生啊！……"

那个人笑嘻嘻的，我也笑嘻嘻的。那个人看了我一眼，我可是没有敢望他。他走了。我也上了楼，把那五块宝贝钱重新收起，把一颗枇杷塞进口内。

搭！搭！搭！又有人叫门了。我自己明白，这一回恐怕逃不过去。我怕吓破了胆子，力求我的太太下楼去开门。她倒胆大，把门开了，只见挤进了半个戴绿帽穿绿衣的人。因为我的太太只开了半尺来宽的门缝，所以只挤进了半个人，还有半个在门外。“你有什么事？”

那半个人说：“我来拜节。”

一角钱从我的太太的衣袋里走了出去，那半个人从大门缝退了出去。

平平安安地又过了半点钟。忽地又有人叫门了！大门开处，只见又有半个戴绿帽穿绿衣的人挤了进来。他说他也是来拜节的。我心里猜想，一定是方才没有挤进来的那半个人。经我严重质问之后，才知道他是送快信的，与方才来的那半个人不是一回事。于是乎我又付了一角钱的拜节账。

我的太太曰：“讨账的虽尚未来，而拜节的则纷至不已，呜呼，此地岂可久居？”

我曰：“然则走乎？”

我们走了。走到一个顶远的地方，走出了许多的时候。天黑了，我们回来，娘姨表示热烈的欢迎，她说：“啊哟哟！柴店和米店的伙计自从你们走后就来了，守候了一天，饿不过才走的……”

我就这样战胜了端午节。

让座的惨剧

让座本来是个悲剧——在我这方面是悲剧，也许在对方是个喜剧——然而也有时竟演出惨剧来。

电车里让座，是我到上海后五个月才发现的一件新闻。至于我自己实行这种美德，那就更是晚近的事了。我愿赌咒说一句良心话：我真不愿意让座，至少我的两条腿真不愿意让座。然而一个人不只是两条腿，所以我终于染了这一种不是从心眼里愿意做的美德。我这个人，又爱多事，没事的时候，喜欢看看报，于是乎知道现今有所谓男女平等运动者。这一来，不打紧，我在让座的时候，心里便有些不安起来。我唯恐不小心，触犯了女性的尊严，同时又叫我的腿白白受了委屈。话虽如此，一个二十多岁的人，骨头长成了，有什么毛病也很难改，所以让座的这个习惯，我实行了一年多，几乎每天都不能免。日积月累，经验渐渐地丰富了。让座本来是个悲剧——在我这方面是悲剧，也许在对方是个喜剧——然而也有时竟演出惨剧来。容我慢慢道来。

一

一位中年妇人，看上去很像一位规规矩矩的妇人。因为她的装束，一点也不像上海人的装束。她走上车来，从许多块人肉中间挤来挤去，最后挂在我面前的那个藤钩上了。我当时就想此时不让，更待何时？于是乎，我便极力模仿漂亮的上海人的态度，抽身起来。哪里知道，我的身体离开座位不过才五六寸的样子，就觉得有两半个热烘烘的臀部从四十五度的斜角的方向斜射过来。定睛看时，原来是一位堂堂的大丈夫稳稳当当地坐在那里了。他的胆量真不小，抬起头来看看我。

二

乡下人脸上戴幌子，一望而知。有一天，我在电车里，看见一位妇人，脸上的乡下人气一点也不曾洗掉，就和前两年的我差不多。后面还跟着一位男人，穿着白夏布大衫，满脸大汗，那大衫的袖口只有三四寸宽罢。这一对男女没有坐的地方，同时他们的模样也实在不像有令人让座的资格，所以在电车里竟东歪西倒地乱滚起来。其实他们离我还远，不干我的事，不过我本乡下人，不免有同类相怜之意，于是立起身来，喊那个妇人来坐。那妇人和那男子走了过来，看看只空出一个人的座位，那位穿白夏布大衫的人竟不假思索坐下去，那妇人也笑嘻嘻地认为是一个很满意的解决方案。然而我心中悲惨！

三

是一个头发斑白的老太太，又同着一位半老的太太，两位一面上车，一面叽里呱啦地有说有笑，她们的四只眼睛像老鼠般左右视察，不消说是寻座位了。我想她虽然是一个老太太，终究是个妇女，似乎也应该在必让之列。于是我又慷而且慨地立起身来。哪里晓得，我尚未完全立起，那老太太早一眼瞥见，作饿虎扑食状，直扑过来，并且伸出胳臂把我一拨，我险些儿跌到别人的身上去。我当时心想，这位老太太平常不定是吃什么千龄机、万龄机的，否则哪里来的偌大气力？然守定之后，再仔细观察，那两位太太都挤在我让出的那一个座上了。

像这样的惨剧不知有多少！若全写出来又未免太惨了。然而座还是不能不让的。除非有一天，男女真平等了，谁也不让谁座，或谁都让谁座，到那时候，惨剧就少了。

排队

我们是礼仪之邦，君子无所争，从来没有鼓励人争先恐后之说。

如果你起个大早，赶到邮局“烧头炷香”，柜台前即使只有你一个人，你也休想能从容办事，因为柜台里面的先生、小姐忙着开柜子、取邮票文件、调整邮戳，这时候就有顾客陆续进来，说不定一位站在你左边，一位站在你右边，也许是衣冠楚楚的，也许是破衣邋遢的，总之是会把你夹在中间。夹在中间的人未必有优先权，所以三个人就挤得很紧，胳膊粗、个子大、脚跟稳的占便宜。夹在中间的人也未必轮到第二名，因为说不定又有人附在你的背上，像长臂猿似的伸出一只胳膊越过你的头部拿着钱要买邮票。人越聚越多，最后像是橄榄球赛似的挤成一团，你想钻出来也不容易。

三人曰众，古有明训。所以三个人聚在一起就要挤成一堆。排队是洋玩意儿，我们所谓“鱼贯而行”都是在极不得已的情形之下所做的动作。《晋书·范汪传》：“玄冬之月，沔汉干涸，皆当鱼贯而行，推排而进。”水不干涸谁肯循序而进，虽然鱼贯，仍不免于推排。我小时候，在北平有过一段经历。过年父亲常带我逛厂甸，进入海王村，里面有旧书铺、古玩铺、玉器摊，以及临时搭起的几个茶座儿。我父亲如入宝山，图书、古董都是他所爱好的，盘旋许久，乐此不疲，可是人潮汹涌，越聚越多。等到我们兴尽欲返的时候，大门口已经壅塞了。门口只有一个，进也是它，出也是它，而且谁也不理会应靠左边行，于是大门变成瓶颈，人人自由行动，卡成一团。也有不少人故意起哄，哪里人多往哪里挤，因为里面有的是大姑娘、小媳妇。父亲手里抱了好几包书，顾不了我。为了免于被人践踏，我由一位身材高大的警察抱着挤了出来。我从此没再去过厂甸，直到我自己长大有资格抱着我自己的孩子冲出杀进。

中国地方大，按说用不着挤，可是挤也有挤的趣味。逛隆福寺、护国寺，若是冷清清地凄凄惨惨觅觅，那多没有味儿！不过时代变了，几乎天天到处像逛庙赶集。长年挤下去实在受不了，于是排队这洋玩意儿应运而兴。奇怪的是，这洋玩艺儿兴了这么多年，至今还没有蔚成风气。长一辈的人在人多的地方横冲直撞，孩子们当然认为这是生存技能之一。学校不能负起教导的责任，因为教师就有许多是不守秩序的好手。法律无排队之明文规定，警察管不了这么多。大家自由活动，也能活下去。

不要以为不守秩序、不排队是我们的民族性，生活习惯是可以改的。抗战胜利后我回到北平，家人告诉我许多敌伪横行霸道的事迹，其中之一是在前门火车站票房前面常有一名日本警察手持竹鞭来回巡视，遇到不排队就抢先买票的人，就一声不响高高举起竹鞭，飕的一声着着实实地抽在他的背上。挨了一鞭之后，他一声不响地排在队尾了。前门车站的秩序从此改良许多。我对此事的感想很复杂。不排队的人是应该挨一鞭子，只是不应该由日本人来执行。拿着鞭子打我们的人，我真想抽他十鞭子！但是，我们自己人就没有人肯对不排队的人下那个毒手！好像是基于同胞爱，开始是劝，继而还是劝，不听劝也就算了，大家不伤和气。谁也不肯扬起鞭子去取缔，觍颜说是“于法无据”。一条街定为单行道、一个路口不准向左转，又何所据？法是人定的，要什么样的生活方式便应该有什么样的法。

洋人排队另有一套，他们是不拘什么地方都要排队。邮局、银行、剧院无论矣，就是到餐厅进膳，也常要排队听候指引一一入座。人多了要排队，两三个人也要排队。有一次要吃比萨饼，看门口队伍很长，只好另觅食处。为了看古物展览，我参加过一次二千人左右的长龙，我到场的时候才有千把人。顺着龙头往下走，拐弯抹角，走了半天才找到龙尾，立定脚跟，不久回头一看，龙尾又不知伸展到何处去了。我仔细观察发现了一个秘密：洋人排队，浪费空间，他们排队占用一哩，由我们来排队大概半哩就足够。因为他们每个人与另一个人之间通常保持相当距离，没有肌肤之亲，也没有摩肩接踵之事。我们排队就亲热得多，紧迫盯人，唯恐脱节，前面人的胳膊肘会戳你的肋骨，后面人喷出的热气会轻拂你的脖梗。其缘故之一，大概是我们的人丁太旺而场地太窄。以我们的超级市场而论，实在不够超级，往往近于迷你，遇上八折的日子，付款处的长龙摆到货架里面去，行不得也。洋人的税捐处很会优待主顾，设备充分，偶尔有七八个人排队，排得松松的，龙头走到柜台也有五步六步之遥。办起事来无左右受夹之烦，也无后顾催迫之感，从从容容，可以减少纳税人胸中许多戾气。

我们是礼仪之邦，君子无所争，从来没有鼓励人争先恐后之说。很多地方我们都讲究揖让，尤其是几个朋友走出门口的时候，常不免于拉拉扯扯礼让了半天，其实鱼贯而行也就够了。我不太明白为什么到了陌生人聚集在一起的时候，便不肯排队，而一定要奋不顾身。

我小时候只知道上兵操时才排队，曾路过大栅栏同仁堂，柜台占两间门面，顾客经常是里三层外三层挤得水泄不通，多半是仰慕同仁堂丸散膏丹的大名而来办货的乡巴佬。他们不知排队犹可说也。奈何数十年后，工业已经起飞，都市人还不懂得这生活方式中极为重要的一个项目，难道真需要那一条鞭子才行吗？

搬家

我每次搬家必定割舍许多平素不肯抛弃的东西，可叹的是旧的才去新的又来。

人讥笑我，说我大概是吃了耗子药，否则怎么会五年之内搬了三次家。搬家是辛苦事。除非是真的家徒四壁，任谁都会蓄积一些弃之可惜留之无用的东西，到了搬家的时候才最感觉到累赘。小时候师长就谆谆告诫不可暴殄天物，常引陶侃竹头木屑的故事为例，所以长大了之后很难改除收藏废物的习惯，日积月累，满坑满谷全是东西。其中一部分还怪不得我，都是朋友们的宠赐嘉贶，有些还真是近似“白象”，也不管蜗居逼仄到什么地步，一头接着一头的“白象”接踵而来，常常是在拜领之后就进了储藏室或是束之高阁。到了搬家的时候，陈芝麻烂谷子一齐出仓，还是哪一样都舍不得丢。没办法，照搬。我认识一个人，他也是有这个爱惜物资的老毛病，当年他到外国读书，订购牛奶，每天一瓶，喝完牛奶之后他觉得那瓶子实在可爱，洗干净之后通明剔透，舍不得丢进垃圾桶，就放在屋角，久而久之成了一大堆，地板有压坏之虞，无法处理，最后他花了一笔钱才请人为之清除。我倒不至于这样的痴，可是毛病也不少。别的不提，单说朋友们的来信，我照例往一个抽屉里一丢，并非庋藏，可是一抽屉一抽屉地塞得结结实实，难道搬家时也带了走？要想审阅一遍去芜存菁，那工程也很浩大，无已，硬着头皮选出少数的存留，剩下的大部分的朵云华签最好是付之丙丁，然而，那要构成空气污染也于心不忍，只好弃之，好在内中并无机密。我还听说有一位先生，每天看完报纸必定折叠整齐，一天一沓，一月一捆，久之堆积到充栋的地步。一日行经其下，报纸堆突然倒坍，老先生被压在底下受伤竟至不治。我每次搬家必定割舍许多平素不肯抛弃的东西，可叹的是旧的才去新的又来。

搬一次家要动员好多人力。我小时在北平有过两次搬家的经验。大敞车、排子车、人力车，外加十个八个“窝脖儿的”，忙活十天半个月才暂告段落。所谓“窝脖儿的”，也许有人还没听说过，凡是精致的家具，如全堂的紫檀、大理石心的硬木桌椅，以至玻璃罩的大座钟和穿衣镜等，都禁不得磕碰，不能用车运送，就是雕花的柜橱之类也不能上车。于是要雇请“窝脖儿的”来任艰巨。顾名思义，他的运输工具主要的就是他的脖颈。他把头低下来，用一块麻包之类的东西垫在他的脖颈上，再加上一块夹板，几百斤重的东西架在他的脖子上，他伸出两手扶着，就健步如飞地上路了。我曾查看他的脖子，与众不同，有一大块青紫的肉坟起如驼峰，是这一行业的标记。后来有所谓搬场公司，这一行就没落了。可是据我的经验，所谓搬场公司虽然扬言服务周到，打个电话就来，可是事到临头，三五个粗壮大汉七手八脚像拆除大队似的把东西塞满大卡车、小发财，一声吆喝，风驰电掣而去，这时候我便不由得想起从前的“窝脖儿的”那一行业。搬一次家，家具缺胳膊短腿是保不齐的，至若碰瘪几个坑、擦掉几块漆，那是题中应有之义，可以算作一种折旧。如果搬家也可以用货柜制度该有多好，即使有人要在你忙乱之际顺手牵羊，也将无所施其技。

搬一次家如生一场病，好久好久才能苏息过来，又好久好久才能习惯下来。这一切都没有什么可怨的，只要有个地方可以栖迟也就罢了。我从小到大，居住的地方越搬越小，从前有个三进五进外加几个跨院，如今则以坪计。喜乐先生给我画过一幅《故居图》，是极高明的一幅界画，于俯瞰透视之中绘出平昔宴居之趣，悬在壁上，不时地撩起我的故土之思，而那旧式的庭院也是值得怀念的。如今，我的家越搬越高，搬到了十几层之上，在这一点上倒是名副其实的乔迁。

俗话说："千金买房，万金买邻。"旨哉言也。孟母三迁，还不是为了邻居不大理想？假使孟母生于今日，卜居一大城市之中，恐怕非一日一迁不可。孟母三迁，首先是因为其舍近墓，后来迁居市旁，其地又为贾人炫卖之所，最后徙居学宫之旁，才决定安居下去。"昔孟母，择邻处"，主要是为了孩子，怕孩子受环境影响，似尚不曾考虑环境的安宁、卫生等条件，如今择邻而处，真是万难。我如今的住处，左也是学宫，右也是学宫，几曾见有"设俎豆揖让进退之事"？时常是咙聒之声盈耳，再不就是操场上的扩音喇叭疯狂地叫喊。贾人炫卖更是常事，如果楼下没有修理汽车的小肆之夜以继日地敲敲打打就算是万幸了。我住的地方位于台北盆地之中，四面是山，应该是有“山花如水净，山鸟与云闲”（王荆公诗）的景致，但是不，远山常为雾罩，眼前看到的全是鳞次栉比的鸽子笼。而且千不该万不该我买了一架望远镜，等到天朗气清之日向远山望去，哇！全是累累的坟墓。我想起洛阳北门外有北邙山，“北邙山头少闲土，尽是洛阳人旧墓”（王建诗），城外多少土馒头，城内多少馒头馅，亘古如斯，倒也不是什么值得特别感慨的事。

不过我住的地方傍着一条交通孔道，早早晚晚车如流水，轰轰隆隆，其中最令人心惊的莫过于丧车。张籍诗：“洛阳北门北邙道，丧车辚辚入秋草。”我所听到的声音不只是辚辚，于辚辚之外还有锣、鼓、喇叭、唢呐，以及不知名的敲打吹腔的乐器，有不成节奏的节奏和不成腔调的腔调。不过，有一回我听出了所奏的是《苏武牧羊》。这种乐队车常不止一辆，场面大的可能有十辆八辆，南管北管、洋鼓洋号各显其能。这种大出丧、小出丧，若遇黄道吉日，一天可能有几十档子由我楼下经过。有人来贺新居问我，住在这样的地方，听这种声音，是不是不大吉利。我说，这有什么不吉利。想起王荆公一首《两山间》，其中有这样几句：

我欲抛山去，山仍劝我还。
只应身后冢，亦是眼中山。
且复依山住，归鞍未可攀。

房东与房客

房东与房客如此之不相容，租赁关系不是很容易决裂的吗？啊不，比离婚还难。

狗见了猫，猫见了耗子，全没有好气，总不免怒目相视，龇牙咧嘴，一场格斗了事。上天生物就是这样，生生相克，总得斗。房东与房客，或房客与房东，其间的关系也是同样的不祥。在房东眼里，房客很少有好东西；在房客眼里，房东根本就没有一个好东西。利害冲突，彼此很难维持人与人之间应有的常态。

房东的哲学往往是这样的："来看房的那个人，看样子就面生可疑。我的房子能随便租给人？租给他开白面房子怎么办？将来非找个妥保不可。你看他那个神儿！房子的间架矮哩，院子窄哩，地点偏哩，房租贵哩，贬得一文不值，好像是谁请他来住似的！你不合适不会不住？我说得清清楚楚，你没有家眷我可不租，他说他有。我问他是干什么的，他死不张嘴，再不就是吞吞吐吐，八成不是好人。可是后来我还是租给他了。他往里一搬，哎呀，怎那么多人口，也不知究竟是几家子？瘪嘴的老太太有好几位，孩子一大串，兔儿爷似的一个比一个高。住了没有几个月，房子糟蹋得不成样子，雪白的墙角上他堆煤，披麻绿油的影壁上画了粉笔的飞机与乌龟，砖缝里的草长了一人多高，沟眼也堵死了，水龙头也歪了，地板上的油漆也磨光了，天花板也熏黑了，玻璃窗也用高丽纸锯补了，门环子也掉了……唉，简直是遭劫！房租到期还要拖欠，早一天取固然不成，过几天取也常要碰钉子，‘过两天再来吧’‘下月一起付罢’‘太太不在家’‘先付半个月的罢’‘我们还没有发薪呢，发了薪给你送去’……好，房租取不到，还得白跑道，腿杆儿都跑细了。他不给租钱，还挺横，你去取租的时候，他就叫你蹲在门口儿，砰的一声把大门关上了，好像是你欠他的钱！也有到时候把房租送上门来的，这主儿更难缠，说不定他早做了二房东，他怕我去调查。租人家的房子住的人，有几个是有良心的？……”

房客的哲学又是一套:“这房东的房子多得很,‘吃瓦片儿的’,任事不做,靠房钱吃饭。这房子一点儿也不合局,我要是有决不租这样的房子,我是凑合着住。一进门就是三份儿,一房一茶一打扫,比阎王还凶。没法子,给你。还要打铺保?我人地生疏,哪里找保去?难道我还能把你的房子吃掉不成?你问我家里人口多不多?你管得着么?难道房东还带查户口?‘不准转租’,我自己还不够住的呢!可是我要把南房腾空转租,你也管不了,反正我不欠你的房租。‘不准拖欠’,噫,我要是有钱我绝不拖欠。这个月我迟领了几天薪,房东就三天两头儿地找上门来,好像是有几年没付房钱似的,搅得我一家不安。谁没有个手头儿发窘?何苦!房钱错了一天也不行,急如星火,可是那天下雨房漏了,打了八次电话,他也不派人来修,把我的被褥都湿脏了。阴沟堵住了,院里积了一汪子水,也不来修。门环掉了,都是我自己找人修的。他还觍着脸催房钱!无耻!我住了这样久,没糟蹋你一间房子,墙、柱子都好好的,没摘过你一扇门、一扇窗子,还要怎样?这样的房客你哪里找去?……”

房东与房客如此之不相容,租赁关系不是很容易决裂的吗？啊不，比离婚还难。房东虽然不好，房子还是要住的；房客虽然不好，房子不能不由他住。主客之间永远是紧张的，谁也不把谁当作君子看。

这还是承平时代的情形。在通货膨胀的时代，双方的无名火都提高了好几十丈，提起对方的时候恐怕牙都要发痒。

房东的哲学要追加这样一部分："你这几个房钱够干什么的？你以后不必给房钱了，每个月给我几个烧饼好了。一开口就是'老房客'，老房客就该白住房？你也打听打听现在的市价，顶费要几条几条的，房租要一袋一袋的，我的房租不到市价的十分之一，人不可没有良心。你嫌贵，你别处租租试试。你说年头不好，你没有钱，你可以住小房呀！谁叫你住这么大的一所？没有钱，就该找三间房忍着去，你还要场面？你要是一个钱都没有，就该白住房么？我一家子指着房钱吃饭呢！你也不是我的儿子，我为什么让你白住？……"

房客方面也追加理由如下："我这么多年没欠过租，我们的友谊要紧。房钱不是没有涨过，我自动地还给你涨过一次呢，要说是市价一间一袋的话，那不合法，那是高抬物价，市侩作风，说到哪里也是你没理。人不可不知足，你要涨到多少才叫够？我的薪水也并没有跟着物价涨。才几个月的工夫，又啰嗦着要涨房租，亏你说得出口！你是房东、资产阶级，你不知没房住的苦，何必在穷人身上打算盘？不用费话了，等我的薪水下次调整，也给你加一点儿，多少总得加你一点儿，这个月还是这么多，你爱拿不拿！你不拿，我放在提存处去，不是我欠租。……”

闹到这个地步，关系该断绝了罢？啊不。房客赌气搬家，不，这个气赌不得，赌财不赌气。房东撵房客搬家，更不行，撵人搬家是最伤天害理的事，谁也不同情，而且事实上也撵不动，房客像是生了根一般。打官司么？房东心里明白：请律师递状、开庭、试行和解、开庭辩论、宣判、二审、三审、执行，这一套程序不要两年也得一年半，不合算。没法子，怄罢。房东和房客就这样怄着。

世界上就没有人懂得一点宾主之谊，客客气气，好来好散的么？有。不过那是在“君子国”里。

理发

我们既不想吓人，又不欲唊鬼，而且不敢不以君子自勉，如何能不常到理发店去？

理发不是一件愉快事。让牙医拔过牙的人，望见理发的那张椅子就会怵怵不安，两种椅子很有点相像。我们并不希望理发店的椅子都是檀木螺钿，或是路易十四式，但至少不应该那样的丑，方不方圆不圆的，死橛橛、硬梆梆的，使你感觉到坐上去就要受人割宰的样子。门口担挑的剃头挑儿，更吓人，竖着的一根小小的旗杆，那原是为挂人头的。

但是理发是一种必不可免的麻烦。“君子正其衣冠，尊其瞻视，何必蓬头垢面，然后为贤？”理发亦是观瞻所系。印度锡克族，向来是不剪发不剃须的，那是“受诸父母，不敢毁伤”的意思，所以一个个的都是满头满脸毛毵毵的，滔滔皆是，不以为怪。在我们的社会里就不行了，如果你蓬松着头发，就会有人疑心你是在丁忧，或是才从监狱里出来。髭须是更讨厌的东西，如果蓄留起来，七根朝上八根朝下都没有关系，嘴上有毛受人尊敬，如果刮得光光的露出一块青皮，也行，也受人尊敬，唯独不长不短的三两分长的髭须，如鬃鬣，如刺猬，如刈后的稻秆，看起来令人不敢亲近。鲁智深“腮边新剃，暴长短须，戗戗地好惨濑人”，所以人先有五分怕他。钟馗须髯如戟，是一副啖鬼之相。我们既不想吓人，又不欲啖鬼，而且不敢不以君子自勉，如何能不常到理发店去？

理发匠并没有令人不敬重的地方，和刽子手屠户同样是一种为人群服务的职业，而且理发匠特别显得高尚，那一身西装便可以说是高等华人的标识。如果你交一个刽子手朋友，他一见到你就会相度你的脖颈，何处下刀相宜，这是他的职业使然。理发匠俟你坐定之后，便伸胳臂挽袖相度你那一脑袋的毛发，对于毛发所依附的人并无兴趣。一块白绸布往你身上一罩，不见得是新洗的，往往是斑斑点点的如虎皮宣。随后是一根布条在咽喉处一勒。当然不会致命，不过箍得也够紧的，如果是自己的颈子大概舍不得用那样大的力。头发是以剪为原则，但是附带着生薅硬拔的却也不免，最适当的抗议是对着那面镜子狞眉皱眼地做个鬼脸，而且希望他能看见。人的头生在颈上，本来是可以相当地旋转自如的，但是也有几个角度是不大方便的。理发匠似乎不大能顾虑到这一点，他总觉得你的脑袋的姿势不对，把你的头扳过来、扭过去，以求适合他的刀剪。我疑心理发匠许都是孔武有力的，不然腕臂间怎有那样大的力气？

椅子前面竖起的一面大镜子是颇有道理的，倒不是为了可以顾影自怜，其妙在可以知道理发匠是在怎样收拾你的脑袋，人对于自己的脑袋没有不关心的。戴眼镜的朋友摘下眼镜，一片模糊，所见亦属有限，尤其是在刀剪晃动之际，呆坐如僵尸，轻易不敢动弹，对于左右坐着的邻客无从瞻仰，是一憾事。左边客人在挺着身子刮脸，声如割草，你以为必是一个大汉，其实未必，也许是个女客；右边客人在喷香水擦雪花，你以为必是佳丽，其实亦未必，也许是个男子。所以不看也罢，看了怪不舒服。最好是废然枯坐。其中最愉快的一段经验是洗头。浓厚的肥皂汁滴在头上，如醍醐灌顶，用十指在头上搔抓，虽然不是麻姑，却也手似鸟爪。令人着急的是头皮已然搔得清痛，而东南角上一块最痒的地方始终不曾搔到。用水冲洗的时候，难免泛滥入耳，但念平素盥洗大概是以脸上本部为限，边远陬隅辄弗能届，如今痛加涤荡，亦是难得的盛举。电器吹风，却不好受，时而凉风习习，时而夹上一股热流，热不可当，好像是一种刑罚。

最令人难堪的是刮脸。一把大刀锋利无比，在你的喉头上、眼皮上、耳边上滑来滑去，你只能瞑目屏息，捏一把汗。Robert Lynd[1]写过一篇《关于刮脸》的文章，他说：

> 当剃刀触到我的脸上，我不免有这样的念头："假使理发匠忽然疯狂了呢？"很幸运的，理发匠从未疯狂过，但我遭遇过别种差不多的危险。例如，有一个矮小的法国理发匠在雷雨中给我刮脸，电光一闪，他就跳得老高。还有一个喝醉了的理发匠，举着剃刀找我的脸，伸手去一摸却扑了个空。

---

〔1〕罗伯特·林德（1879—1949），批评家，散文家。——编者注

最后把剃刀落在我的脸上了，他却靠在那里镇定一下，靠得太重了些，居然把我的下颊右方刮下了一块胡须，刀还在我的皮上，我连抗议一声都不敢。就是小声说一句，我觉得，都会使他丧胆而失去平衡，我的颈静脉也许要在他不知不觉间被他割断。后来剃刀暂时离开我的脸了，大概就是法国人所谓Reculer pour mieu xsauter（退回去以便再向前扑），我趁势立刻用梦魇的声音叫起来："别刮了，别刮了，够了，谢谢你。"……

这样怕人的经验并不多有。不过任何人都要心悸，如果在刮脸时想起相声里的那段笑话，据说理发匠学徒的时候是用一个带茸毛的冬瓜来做练习，有事走开的时候便把刀向瓜上一剁，后来出师服务，常常错认人头仍是那个冬瓜。刮脸的危险还在其次，最可恶的是他在刮后用手毫无忌惮地在你脸上摸，摸完之后你还得给他钱！

应酬话

应酬至此，真可以出而问世矣！

两位素未谋面的人，一旦遇到了，经人略一介绍，或竟未经介绍，马上就要攀谈起来，并且要做出十分亲热的样儿，这不是一件容易事。非善于应酬者不办。

初出茅庐的后生小子，会到生人，面红耳赤，手忙脚乱，一句人话也说不出，假如旁边有一座钟，恐怕只有钟声滴答滴答地响着。善于应酬者则不然，他能于请教“尊姓”“大名”“台甫”“府上”之后，额外寻出一套趣味浓厚的应酬话。其中的精粹，可以略举一二如下：

“今天的天气热啊！”

“是的，这两天热得难过。”

“下一阵雨就好了。”

“可不是，下一阵雨至少要凉快好几天呢。”这样地谈下去，可以延长半点多钟，而讨论的范围不出“天气”一端。旁边的人看着将不禁啧啧称叹曰：这两位士兄多么漂亮！多么健谈！多么会应酬！应酬至此，真可以出而问世矣！

但是除了天气，还有可谈的事物没有？凡是自己能辨明天气之冷热的人，常常感觉，语言无味，还不如免开尊口，比较得可以令人不致笑出声来。

天气

天有不测风云，教谁预报天气，也是没有太大把握。

熟人相见，不能老是咕嘟着嘴，总得找句话说。说什么好呢？一时无话可说，就说天气吧。“今天好冷啊。”“是呀，好冷好冷。”寒来暑往，天道之常，气温升降，冷暖自知，有什么好说的？也许比某些人见面就问“您吃饭啦？”“您喝茶啦？”或是某些染有洋习的人之不分长幼尊卑一律见面就是一声“嗨！”要好得多。拿天气作为初步的谈话资料，未尝不可，我们自古以来，行之久矣，即所谓“寒暄”，又曰“道炎凉”。

天气也真是怪，变化无常。苦了预报天气的人。我看过一幅漫画，画着一位可怜巴巴地预报天气的人向他的长官呈递辞书。长官问他何故倦勤，他说：“天气不与我合作。”我看了这幅画，很同情他。他以后若是常常报出明天天气“晴，时多云，局部偶阵雨”，我不会十分怪他。天有不测风云，教谁预报天气，也是没有太大把握。不过说实话，近年来的天气预报，由于技术进步，虽难十拿九稳，大致总算不错。预报正确，没有人喝彩鼓掌，更没有人登报鸣谢。预报离了谱，少不得有人抱怨，甚至大骂。从前根本没有什么天气预报之说，人人撞大运。北方民间迷信，娶妻那天若是天下大雨，硬说是新郎官小时候骑了狗！古人预测天气，有所谓“月晕而风，础润而雨”之说（见苏洵《辨奸论》）。谁能天天仰观天象？而且天上亦未必随时有月。至于础，础润由于湿度高，可能是有雨之兆，但是现代房屋早已没有础可寻了。西方人对于预卜天气也有不少民俗传说。例如，蝙蝠飞进屋，牛不肯上牧场，猫逆向舔毛，猪嘴衔稻草，驴大叫，蛙大鸣……都是天将大雨的征兆。有人利用蟋蟀的叫声预测温度，在十五秒内听它叫多少声，再加三十七，就等于那一天的气温（华氏表）。又有人编了四句顺口溜：

燕子飞得高，

晴天，天气好；
燕子飞得低，
阴天，要下雨。

西太平洋热带附近和中国海的台风是有名的。元忽必烈汗两度遣兵远征日本，不顾天时地利，都遭遇了台风而全军覆没，日本人幸免于难，乃称之为“神风”。我们知道台风是有季节性的，奈何忽必烈汗计不及此？我初来台湾，耳闻台风之名，相见恨晚，不过等到台风真个来袭，那排山倒海之势，着实令人心惊。记得有一年遇到一个超级西北台风，风狂雨骤，四扇落地窗被吹得微微弯曲，有迸破之虞，赶快搬运粗重家具将窗顶住，但见雨水自窗隙汩汩渗进，无孔不入，害得我一家彻夜未能阖眼。于是听人劝告，赶制坚厚的桧木柙板，等到柙板做成，没有使用几次，竟无大台风来。我们总算幸运，没有北美洲那样强烈的飓风（龙卷风），风来像一根巨柱，把整栋房屋席卷上天！我们的台风来前，向有预报，这恐怕要感谢国际合作，以及卫星帮忙。虽然偶有来势汹汹而过门不入的情事，也乐得凉快一阵，喜获甘霖，没的可怨。

人总是不知足。不是嫌太热，就是嫌太冷。朔方太冷，冰天雪地，重裘不暖，好羡慕“暖风熏得游人醉”的景况。炎方太热，朱明当令，如堕火宅，又不免兴起“安得赤脚踏层冰”的念头。有些地方既不冷又不热，好像是四季如春，例如我国的昆明便是其中之一，住在这种地方的人应该心满意足没话可说了。不然，仍然有人抱怨，说这样的天气过于单调，缺乏春夏秋冬的变化，有悖“天有四时”之旨。好像是一定要一年之中轮流地换着四季衣裳才觉得过瘾，好像是一定要“春有百花秋有月，夏有凉风冬有雪”才算是良辰美景赏心乐事。我看天公着实作难，怎样做都难得尽如人意。

久晴不雨则旱，旱则禾稻枯焦。久雨不歇则涝，涝则人其为鱼。这就是靠天吃饭的悲哀。天气之捉弄人，恐怕尚不止此。据气象家的预测，如果太阳的热再加百分之三十，地球上的生物将完全消灭。如果减少百分之十三，地球将包裹在一英里厚的冰层内！别慌，这只是预测，短期内大概不会实现。

心里的火永远不要灭，
哪怕别人只能看到烟。

第二章

心守一事去生活

旧

旧的东西之可留恋的地方固然很多，人生之应该日新又新的地方亦复不少。

“我爱一切旧的东西——老朋友，旧时代，旧习惯，古书，陈酿；而且我相信，陶乐赛，你一定也承认我一向是很喜欢一位老妻。”这是高尔斯密[1]的名剧《委曲求全》（*She Stoops to Conquer*）中那位守旧的老头儿哈德卡索先生说的话。他的夫人陶乐赛听了这句话，心里有一点高兴，这风流的老头子还是喜欢她，但是也不是没有一点愠意，因为这一句话的后半段说穿了她的老。这句话的前半段没有毛病，他个人有此癖好，干别人什么事？而

[1] 即 Oliver Goldsmith，《辞海》译为哥尔德斯密斯。

且事实上有很多人颇具同感，也觉得一切东西都是旧的好，除了朋友、时代、习惯、书、酒，有数不尽的事物都是越老越古越旧越陈越好。所以有人把这半句名言用花体正楷字母抄了下来，装在玻璃框里，挂在墙上，那意思好像是在向喜欢除旧布新的人挑战。

俗语说，“人不如故，衣不如新”。其实，衣着之类还是旧的舒适。新装上身之后，东也不敢坐，西也不敢靠，战战兢兢。我看见过有人全神贯注在他的新西装裤管上的那一条直线上，坐下之后第一桩事便是用手在膝盖处提动几下，生恐膝部把他的笔直的裤管撑得变成了口袋。人生至此，还有什么趣味可说！看见过爱因斯坦的小照么？他总是披着那一件敞着领口胸怀的松松大大的破夹克，上面少不了烟灰烧出的小洞，更不会没有一片片的汗斑油渍，但是他在这件破旧衣裳遮盖之下优哉游哉地神游于太虚之表。《世说新语》记载着：“桓车骑不好着新衣，浴后妇故送新衣与，车骑大怒，摧使持去，妇更持还，传语云：‘衣不经新，何由得故？’桓公大笑着之。”桓冲真是好说话，他应该说：“有旧衣可着，何用新为？”也许他是为了保持阃内安宁，所以才一笑置之。“杀头而便冠”的事情，我还没有见过；但是“削足而适履”

的行为，则颇多类似的例证。一般人穿的鞋，其制作设计很少有顾到一只脚是有五个趾头的，穿这样的鞋虽然无须“削”足，但是我敢说五个脚趾绝对缺乏生存空间。有人硬是觉得，新鞋不好穿，敝屣不可弃。

“新屋落成”，金圣叹列为“不亦快哉”之一，快哉尽管快哉，随后那“树小墙新”的一段暴发气象却是令人难堪。“欲存老盖千年意，为觅霜根数寸栽”，但是需要等待多久！一栋建筑要等到相当破旧，才能有“树林荫翳，鸟声上下”之趣，才能有“苔痕上阶绿，草色入帘青”之乐。西洋的庭园，不时地要剪草，要修树，要打扮得新鲜耀眼，我们的园艺的标准显然有些不同，即使是帝王之家的园囿也要在亭阁楼台画栋雕梁之外安排一个“濠濮间”“谐趣园”，表示一点点陈旧古老的萧瑟之气。至于讲学的上庠，要是墙上没有多年蔓生的常春藤，基脚上没有远年积留的苔藓，那还能算是第一流么？

旧的事物之所以可爱，往往是因为它有内容，能唤起人的回忆。例如阳历尽管是我们正式采用的历法，在民间则阴历仍不能废，每年要过两个新年，而且只有在旧年才肯“新桃换旧符”。明知地处亚热带，仍然未能免俗要烟熏火燎地制造常常带有尸味的腊肉。端午节的龙舟粽子是不可少的，有几个人想到那“露才扬己，怨怼沉江”的屈大夫？还不是旧俗相因，虚应故事？中秋赏月，重九登高，永远一年一度地引起人们不可磨灭的兴味。甚至腊八的那一锅粥，都有人难以忘怀。至于供个人赏玩的东西，当然是越旧越有意义。一把宜兴砂壶，上面有陈曼生制铭镌句，纵然破旧，气味自然高雅。“樗蒲锦背元人画，金粟笺装宋版书”，更是足以使人超然远举，与古人游。我有古钱一枚，“临安府行用，准参百文省”[1]，把玩之余不能不联想到南渡诸公之观赏西湖歌舞。我有胡桃一对，祖父常常放在手里揉动，噶咯噶咯地作响，后来又在我父亲手里揉动，也噶咯噶咯地响了几十年，圆滑红润，有如玉髓，真是先人手泽，现在轮到在我手里噶咯噶咯地响了，好几次险些儿被我的儿孙辈敲碎取出桃仁来吃！每一个破落户都可以拿了几件旧东西来，这是不足为奇的事。国家亦然。多少衰败的古国都有不少的古物，可以令人惊羡、欣赏、感慨、唏嘘！

旧的东西之可留恋的地方固然很多，人生之应该日新又新的地方亦复不少。对于旧日的典章文物我们尽管

---

〔1〕 临安行用钱牌，是一种宋朝文物。上面的文字应该是“準叁佰文”。——编者注

喜欢赞叹，可是我们不能永远盘桓在美好的记忆境界里，我们还是要回到这个现实的地面上来。在博物馆里，我们面对商周的吉金，宋元明的书画瓷器，可是遛酸双腿走出门外便立刻要面对挤死人的公共汽车，丑恶的市招和各种饮料一律通用的玻璃杯！

旧的东西大抵可爱，唯旧病不可复发。诸如夜郎自大的脾气，奴隶制度的残余，懒惰自私的恶习，蝇营狗苟的丑态，畸形病态的审美观念，以及罄竹难书的诸般病症，皆以早去为宜，旧病才去，可能新病又来，然而总比旧疴新恙一时并发要好一些，最可怕的是，倡言守旧，其实只是迷恋骸骨；唯新是鹜，其实只是摭拾皮毛，那便是新旧之间两俱失之了。

树

落英缤纷的时候可能有一点伤感，结实累累的时候又会有一点迟暮之思。

北平的人家，差不多家家都有几棵相当大的树。前院一棵大槐树是很平常的。槐荫满庭，槐影临窗，到了六七月间槐黄满树，使得家像一个家，虽然树上不时地有一根细丝吊下一条绿颜色的肉虫子，不当心就要黏得满头满脸。槐树寿命很长，有人说唐槐到现在还有生存在世上的。这种树的树干就有一种纠绕蟠屈的姿态，自有一股老丑而并不自嫌的神气，有这样一棵矗立在前庭，至少可以把“树小墙新画不古”的讥诮免除三分之一。后院照例应该有一棵榆树，榆与余同音，示有余之意。否则榆树没有什么特别值得令人喜爱的地方，成年地往下撒落五颜六色的毛毛虫，榆钱做糕也并不好吃。至于边旁跨院里，则只有枣树的份，“叶小如鼠耳”，到处生些怪模怪样的能刺伤人的小毛虫。枣实只合做枣泥馅子，生吃在肚里就要拉枣酱，所以左邻右舍的孩子、老妪任意扑打也就算了。院子中央的四盆石榴树，那是给天棚鱼缸作陪衬的。

我家里还有些别的树。东院里有一棵柿子树，每年结一二百个高庄柿子；还有一棵黑枣。垂花门前有四棵西府海棠，艳丽到极点。西院有四棵紫丁香，占了半个院子。后院有一棵香椿和一棵胡椒，椿芽、椒芽成了烧黄鱼和拌豆腐的最好的佐料。榆树底下有一个葡萄架，年年在树根左近要埋一只死猫（如果有死猫可得）。在从前的一处家园里，还有更多的树，桃、李、胡桃、杏、梨、藤萝、松、柳，无不俱备。因此，我从小就对树存有偏爱。我尝面对着树生出许多非非之想，觉得树虽不能言、不解语，可是它也有生老病死，它也有荣枯，它也晓得传宗接代，它也应该算是“有情”。

树的姿态各个不同。亭亭玉立者有之，矮墩墩的有之，有张牙舞爪者，有佝偻其背者，有戟剑森森者，有摇曳生姿者，各极其致。我想树沐浴在熏风之中，抽芽放蕊，它必有一番愉快的心情。等到花簇簇、锦簇簇，满枝头红红绿绿的时候，招蜂引蝶，自又有一番得意。落英缤纷的时候可能有一点伤感，结实累累的时候又会有一点迟暮之思。我又揣想，蚂蚁在树干上爬，树可能会觉得痒痒出溜的；蝉在枝叶间高歌，树也可能会觉得聒噪不堪。总之，树是活的，只是不会走路，根扎在哪里便住在哪里，永远没有颠沛流离之苦。

小时候听“名人演讲”，有一次是一位什么“都督”之类的角色讲“人生哲学”，我只记得其中一点点，他说：“植物的根是向下伸的，兽畜的头是和身躯平的，人是立起来的，他的头是在最上端。”我当时觉得这是一大发现，也许是生物进化论的又一崭新的说法。怪不得人为万物之灵，原来他和树比较起来是本末倒置的。人的头高高在上，所以“清气上升，浊气下降”。有道行的人，有坐禅，有立禅，不肯倒头大睡，最后还要讲究坐化。

可是历来有不少诗人并不这样想，他们一点也不鄙视树。美国的弗罗斯特[1]有一首诗，名为《我的窗前树》。

---

〔1〕 即罗伯特·弗罗斯特（Robert Frost，1874—1963），20世纪最受欢迎的美国诗人之一。——编者注

他说他看出树与人早晚是同一命运的，都要倒下去，只有一点不同，树担心的是外在的险厄，人烦虑的是内心的风波。又有一位诗人名Kilmer[1]，他有一首著名的小诗——《树》。有人批评说那首诗是“坏诗”，我倒不觉得怎样坏。相反地，“诗是像我这样的傻瓜做的，只有上帝才能造出一棵树”，这两行诗颇有一点意思。人没有什么了不起，侈言创造，你能造出一棵树来么？树和人，都是上帝的创造。最近我到阿里山去游玩，路边见到那株“神木”，据说有三千年了，虽然比起庄子所说的“以八千岁为春，以八千岁为秋”的上古大椿还差一大截子，但总算有一把年纪，可是看那一副形容枯槁的样子，只是一具枯骸，何神之有！我不相信“枯树生华”那一套。我只能生出“树犹如此，人何以堪”的感想。

我看见阿里山上的原始森林，一片片，黑压压，全是参天大树，郁郁葱葱。但与我从前在别处所见的树木气象不同。北平公园大庙里的柏，以及梓橦道上的所谓张飞柏，号称“翠云廊”，都没有这里的树那么直、那么高。像黄山的迎客松，屈铁交柯，就更不用提，那简直

---

〔1〕即乔依斯·基尔默（Joyce Kilmer，1886—1918），美国诗人。——编者注

是放大了的盆景。这里的树大部分是桧木，全是笔直的，上好的电线杆子材料。姿态是谈不到，可是自有一种榛莽未除、入眼荒寒的原始山林的意境。局促在城市里的人走到原始森林里来，可以嗅到“高贵的野蛮人”的味道，令人精神上得到解放。

听戏

受半天罪，能听到一段回肠荡气的唱儿，就很值得，“余音绕梁，三日不绝”，确是真有那种感觉。

听戏，不是看戏。从前在北平，大家都说听戏，不大说看戏。这一字之差，关系甚大。我们的旧戏究竟是以唱为主，所谓载歌载舞，那舞实在是比较没有什么可看的。我从小就喜欢听戏，常看见有人坐在戏园子的边厢下面，靠着柱子，闭着眼睛，凝神危坐，微微地摇晃着脑袋，手在轻轻地敲着板眼，聚精会神地欣赏那台上的歌唱。遇到一声韵味十足的唱，便像是搔着了痒处一般，从丹田里吼出一声“好！”若是发现唱出了错，便毫不容情地来一声倒好。这是真正的听众，是他维系戏剧的水准于不坠。当然，他的眼睛也不是老闭着，有时也要睁开的。

生长在北平的人几乎没有不爱听戏的。我自然亦非例外。我起初是很怕进戏园子的，里面人太多太挤，座位太不舒服。我记得清清楚楚，文明茶园是我常去的地方，全是窄窄的条凳、窄窄的条桌，而并不面对舞台，要看台上的动作便要扭转脖子扭转腰。尤其是在夏天，大家都打赤膊，而我从小就没有光脊梁的习惯，觉得大庭广众之中赤身露体怪难为情的，而你一经落座就有热心招待的茶房前来接衣服，给一个半劈的木牌子。这时节，你环顾四周，全是一扇一扇的肉屏风，不由你不随着大家而肉袒。前后左右都是肉，白皙皙的、黄澄澄的、黑黝黝的，置身其间如入肉林（那时候戏园里的客人全是男性，没有女性）。这虽颇富肉感，但决不能给人以愉快。戏一演便是四五个钟头，中间如果想要如厕，需要在肉林中挤出一条出路，挤出之后那条路便翕然而阖，回来时需要重新挤出一条进路。所以我常视如厕如畏途，其实不是畏途，只有畏，没有途。

对戏园的环境并无需作太多的抱怨。无论什么样的环境，在当时当地，必有其存在的理由。戏园本称茶园，原是喝茶聊天的地方，台上的戏原是附带着的娱乐节目。乱哄哄地高谈阔论是无可厚非的。那原是三教九流呼朋唤友消遣娱乐之所在。孩子们到了戏园可以足吃，花生、瓜子不必论，冰糖葫芦、酸梅汤、油糕、奶酪、豌豆黄…… 应有尽有。成年人的嘴也不闲着，条桌上摆着干鲜水果、蒸食点心之类。卖吃食的小贩大声吆喝，穿梭似的挤来挤去，又受欢迎又讨厌。打热手巾把的茶房从一个角落把一卷手巾掷到另一角落，我还没看见过失手打了人家头的。特别爱好戏的一位朋友曾经表示，这是戏外之戏，那洒了花露水的手巾尽管是传染病的最有效的媒介，也还是不可或缺。

在这样的环境里听戏，岂不太苦？苦自管苦，却也乐在其中。放肆是我们中国固有的品德之一。在戏园里人人可以自由行动，吃，喝，谈话，吼叫，吸烟，吐痰，小儿哭啼，打喷嚏，打呵欠，揩脸，打赤膊，小规模地拌嘴、吵架、争座位，一概没有人干涉。在哪里可以找到这样完全的放肆的机会？看外国戏园观众之穿起大礼服，肃静无哗，那简直是活受罪！我小时候进戏园，深感那是另一个世界，对于戏当然听不懂，只能欣赏丑戏武戏，打出手，递家伙，尤觉有趣。记得我最喜欢的是九阵风的戏，如《百草山》《泗州城》之类，于是我也买了刀枪之类在家里和我哥哥大打出手，有一两招也居然练得不错。从三四张桌子上硬往下摔壳子的把戏，倒是没敢尝试。有一次模拟打棍出箱，范仲禹把鞋一甩落在头上的情景，我哥哥一时不慎，把一只大毛窝斜刺里踢在上房的玻璃窗上，哗啦一声，除了招致家里应有的责罚，还惊醒了我的萌芽中的戏瘾戏迷。后来我年纪稍长，又复常常涉足戏园，正赶上一批优秀的演员在台上献技，如陈德琳、刘鸿升、龚云甫、德珺如、裘桂仙、梅兰芳、杨小楼、王长林、王凤卿、王瑶卿、余叔岩等。我渐渐能欣赏唱戏的韵味了，觉得在那乱糟糟的环境之中熬上几个小时还是值得一付的代价，只要能听到一两段韵味十足的歌唱，便觉得那抑扬顿挫使人如醉如迷，使全身血液的流行都为之舒畅匀称。研究西洋音乐的朋友也许要说这是低级趣味。我没有话可以抗辩，我只能承认这就是我们人民的趣味，而且大家都很安于这种趣味。这样乱糟糟的环境，必须有相当良好的表演艺术才能控制住听众的注意力。前几出戏都照例是无足观，等到好戏上场，名家一露面，场里立刻鸦雀无声，不知趣的“酪来酪”声会被嘘的。受半天罪，能听到一段回肠荡气的唱儿，就很值得，“余音绕梁，三日不绝”，确是真有那种感觉。

后来，不知怎么，老伶工一个个地凋谢了，换上来的是一批较年轻的角色。这时候有人喊着要改良戏剧，好像艺术是可以改良似的。我只知道一种艺术形式过了若干年便老了，衰了，死了，另外滋生一个新芽，却没料到一种艺术于成熟、衰老之后还可以改良。首先改良的是开放女禁，这并没有什么可反对的，可是一有女客之后，戏里面涉有猥亵的地方便大大删除了，在某种意义上有人认为这好像是个损失。台面改变了，由凸出的三面的立体式的台变成了画框式的台了，新剧本出现了，新腔也编出来了，新的服装道具一齐来了。有一次看尚小云演《天河配》，这位高头大马的演员穿着紧贴身的粉红色的内衣裤作裸体沐浴状，观众乐得直拍手，我说："完了，完了，观众也变了！"有什么样的观众就有什么样的戏。听戏的少了，看热闹的多了。

我很早就离开北平了，与戏也就疏远了，但小时候还听过好戏，一提起老生心里就泛起余叔岩的影子，武生是杨小楼，老旦是龚云甫，青衣是王瑶卿、梅兰芳，小生是德珺如，刀马旦是九阵风，丑是王长林……有这种标准横亘在心里，便容易兴起"除却巫山不是云"之感。我常想，我们中国的戏剧就像毛笔字一样，提倡者自提倡，大势所趋，怕很难挽回昔日的光荣。时势异也！

好书谈

叔本华曾经说，好读书的人就好像惯于坐车的人，久而久之，就不能在思想上迈步了。

从前有一个朋友说，世界上的好书，他已经读尽，似乎再没有什么好书可看了。当时许多别的朋友不以为然，而较长一些的朋友就更以为狂妄。现在想想，却也有些道理。

世界上的好书本来不多，除非爱书成癖的人（那就像抽鸦片抽上瘾一样的），真正心悦诚服地手不释卷，实在有些稀奇。还有一件最令人气短的事，就是许多伟大的作家往往没有什么凭借，但却做了后来二三流的人的精神上的财源了。柏拉图、孔子、屈原，他们一点一滴，都是人类的至宝，可是要问他们从谁那里学来的，或者读什么人的书而成就如此，恐怕就是最善于说谎的考据家也束手无策。这事有点怪！难道真正伟大的作家，读书不读书没有什么关系吗？读好书或读坏书也没有什么影响吗？

叔本华曾经说，好读书的人就好像惯于坐车的人，久而久之，就不能在思想上迈步了。这真唤醒人的迷梦不小！小说家瓦塞曼竟又说过这样的话，认为倘若为了要鼓起创作的勇气，只有读二流的作品。因为在读二流的作品的时候，他可以觉得只要自己一动手就准强，倘读第一流的作品却往往教人减却了下笔的胆量。这话也不能说没有部分真理。

也许世界上天生有种人是作家，有种人是读者。这就像天生有种人是演员，有种人是观众；有种人是名厨，有种人却是所谓“老饕”。演员是不是十分热心看别人的戏，名厨是不是爱尝别人的菜，我也许不能十分确切地肯定，但我见过一些作家，却确乎不大爱看别人的作品。如果是同时代的人，更如果是和自己的名气不相上下的人，大概尤其不愿意寓目。我见过一个名小说家，他的桌上空空如也，架上仅有的几本书是他自己的新著，以及自己编过的期刊。我也曾见过一个名诗人（新诗人），他的唯一读物是《唐诗三百首》，而且在他也尽有多余之感了。这也不一定只是由于高傲，如果分析起来，也许是比高傲还复杂的一种心理。照我想，也许是真像厨子（哪怕是名厨），天天看见油锅油勺，就腻了。除非自己逼不得已而下厨房，大概再不愿意去接触这些家伙，甚而不愿意见一些使他可以联想到这些家伙的物事。职业的辛酸，也有时是外人不晓得的。唐代的阎立本不是不愿意自己的儿子再做画师么？以教书为生活的人，也往往看见别人在声嘶力竭地讲授，就会想到自己，于是觉得“惨不忍闻”。做文章更是一桩呕心沥血的事，成功失败都要有一番产痛，大概因此之故不忍读他人的作品了。

撇开这些不说，站在一个纯粹读者（的角度）而论，却委实有好书不多的实感。分量多的书，糟粕也就多。读读杜甫的选集十分快意，虽然有些佳作也许漏过了选者的眼光。读全集怎么样？教人头痛的作品依然不少。据说有把全集背诵一字不遗的人，我想这种人不是缺乏美感，就只是为了训练记忆。顶讨厌的集子更无过于陆放翁，分量那么大，而佳作却真寥若晨星。反过来，《古诗十九首》、郭璞《游仙诗》十四首却不能不教人公认为人类的珍珠宝石。钱锺书的小说里曾说到一个产量大的作家，在房屋恐慌中，忽然得到一个新居，满心高兴，谁知一打听，才知道是由于自己的著作汗牛充栋的结果，把自己原来的房子压塌，而一直落在地狱里了。这话诚然有点刻薄，但也许对于像陆放翁那样不知趣的笨伯有一点点儿益处。

古往今来的好书，假若让我挑选，我举不出十部。而且因为年龄、环境的不同，也不免随时有些更易。单就目前论，我想是《柏拉图对话集》《论语》《史记》《世说新语》《水浒传》《庄子》《韩非子》，如此而已。其他的书，我就有些踌躇了。或者有人问：你自己的著作可以不可以列上？我很悲哀，我只有毫不踌躇地放弃附骥之想了。一个人有勇气（无论是糊涂或欺骗）是可爱的，可惜我不能像上海某名画家，出了一套世界名画选集，却只有第一本，那就是他自己的“杰作”！

书房

所以，对于寒苦的读书人，书房是可望而不可即的豪华神仙世界。

书房，多么典雅的一个名词！很容易令人联想到一个书香人家。书香是与铜臭相对待的。其实书未必香，铜亦未必臭。周彝商鼎，古色斑斓，终日摩挲亦不觉其臭，铸成钱币才沾染市侩味，可是不复流通的布泉刀错又常为高人赏玩之资。书之所以为香，大概是指松烟油墨印上了毛边连史，从不大通风的书房里散发出来的那一股怪味，不是桂馥兰薰，也不是霉烂馊臭，是一股混合的难以形容的怪味。这种怪味只有书房里才有，而只有士大夫人家才有书房。书香人家之得名大概是以此。

寒窗之下苦读的学子多半没有书房，囊萤凿壁的就更不用说。所以，对于寒苦的读书人，书房是可望而不可即的豪华神仙世界。伊士珍《琅嬛记》:“张华游于洞宫，遇一人引至一处，别是天地，每室各有奇书，华历观诸室书，皆汉以前事，多所未闻者，问其地，曰:‘琅嬛福地也。’”这是一位读书人希求冥想一个理想的读书之所，乃托之于神仙梦境。其实除了赤贫的人饔飧不继，谈不到书房外，一般的读书人，如果肯要一个书房，还是可以好好布置出一个来的。有人分出一间房子来养鸡，也有人分出一间房子养狗，就是匀不出一间做书房。我还见过一位富有的知识分子，他不但没有书房，也没有书桌，我亲见他的公子趴在地板上读书，他的女公子用一块木板在沙发上写字。

一个正常的良好的人家，每个孩子应该拥有一个书桌，主人应该拥有一间书房。书房的用途是庋藏图书并可读书、写作于其间，不是用以公开展览借以骄人的。“丈夫拥书万卷，何假南面百城！”这种话好像是很潇洒而狂傲，其实是心尚未安，无可奈何的解嘲语，徒见其不丈夫。书房不在大，亦不在设备佳，适合自己的需要便是，局促在几尺宽的走廊一角，只要放得下一张书桌，依然可以作为一个读书写作的工厂，大量出货。光线要好，空气要流通，红袖添香是不必要的，既没有香，“素腕举，红袖长”反倒会令人心有别注。书房的大小好坏，和一个读书写作的成绩之多少高低，往往不成正比例。有好多著名作品是在监狱里写的。

我看见过的考究的书房当推宋春舫先生的褐木庐为第一，在青岛的一个小小的山头上，这书房并不与其寓邸相连，是单独的一栋。那里环境清幽，只有鸟语花香，没有尘嚣市扰。《太平清话》载:“李德茂环积坟籍，名曰书城。”我想那书城未必能和褐木庐相比。在这里，所有的图书都放在玻璃柜里，柜比人高，但不及栋。我记得藏书是以法文戏剧为主。所有的书都精装，不全是buckram（胶硬粗布），有些是真的小牛皮装订（half calf, ooze calf, etc），烫金的字在书脊上排着队闪闪发亮。也许这已经超过了书房的标准，微近于藏书楼的性质，因为他还有一册精印的书目，普通的读书人谁也不会把他书房里的图书编目。

周作人先生在北平八道湾的书房，原名苦雨斋，后改为苦茶庵，不离苦的味道。小小的一幅横额是沈尹默写的。是北平式的平房，书房占据了里院上房三间，两明一暗。里面一间是知堂老人读书、写作之处，偶尔也延客品茗。几净窗明，一尘不染。书桌上文房四宝井然有致。外面两间像是书库，有十个八个书架立在中间，图书中西兼备，日文书数量很大。真不明白苦茶庵的老和尚怎么会掉进了泥淖一辈子洗不清！

闻一多的书房，和“闻一多先生的书桌”一样，充实、有趣而乱。他的书全是中文书，而且几乎全是线装书。在青岛的时候，他仿效青岛大学图书馆庋藏中文图书的办法，给成套的中文书装制蓝布面，用白粉写上宋体字的书名，直立在书架上。这样的装备应该是很整齐可观的，但是主人要做考证，东一部西一部的图书便要从书架上取下来参加獭祭的行列了，其结果是短榻上、地板上、唯一的一把木根雕制的太师椅上，全都是书。那把太师椅玲珑帮硬，可以入画，不宜坐人，其实亦不宜于堆书，却是他书斋中最惹眼的一个点缀。

潘光旦在清华南院的书房另有一种情趣。他是以优生学专家的素养来从事我国谱牒学研究的学者，他的书房收藏这类图书极富。他喜欢用书护，那就是用两块木板将一套书夹起来，立在书架上。他在每套书上系一根竹制的书签，签上写着书名。这种书签实在很别致，不知杜工部《将赴成都草堂途中有作》所谓“书签药裹封尘网”的书签是否即系此物。光旦一直在北平，失去了学术研究的自由，晚年丧偶，又复失明，想来他书房中那些书签早已封尘网了！

汗牛充栋，未必是福。丧乱之中，牛将安觅？多少爱书的人士都把他们苦心聚集的图书抛弃了，而且再也鼓不起勇气重建一个像样的书房。藏书而充栋，确有其必要，例如从前我家有一部小字本的图书集成，摆满上与梁齐的靠着整垛山墙的书架，取上层的书须用梯子，爬上爬下很不方便，可是充栋的书架有时仍不可少。我来台湾后，一时兴起，兴建了一个连在墙上的大书架，邻居绸缎商来参观，叹曰：“造这样大的木架有什么用，给我摆列绸缎尺头倒还合用。”他的话是不错的，书不能令人致富。书还会给人带来麻烦，能像郝隆那样七月七日在太阳底下晒肚子就好，否则不堪衣鱼之扰，真不如尽量地把图书塞入腹笥，晒起来方便，运起来也方便。如果图书都能做成“显微胶片”纳入腹中，或者放映在脑子里，则书房就成为不必要的了。

音乐

风声雨声，再加上虫声、鸟声，都是自然的音乐，都能使我产生好感，都能驱除我的寂寞……

一个朋友来信说："…… 我从来没有像现在这样烦恼过。住在我的隔壁的是一群在 × × × 服务的女孩子，一回到家便大声歌唱，所唱的无非是些 × × 歌曲，但是她们的腔调证明她们从来没有考虑过原制曲者所要产生的效果。我不能请她们闭嘴，也不能喊'通'！只得像在理发馆洗头时那样无可奈何地用棉花塞起耳朵来……"

我同情这位朋友，但是他的烦恼不是他一个人有的。我常想，音乐这样东西，在所有的艺术里，是最富于侵略性的。别种艺术，如图画雕刻，都是固定的，你不高兴欣赏便可以不必寓目，各不相扰；唯独音乐，声音一响，随着空气波荡而来，照直侵入你的耳朵，而耳朵平常都是不设防的，只得毫无抵御地任它震荡刺激。自以为能书善画的人，诚然也有令人不舒服的时候。据说有人拿着素扇跪在一位书画家面前，并非敬求墨宝，而是求他高抬贵手，别糟蹋他的扇子。这究竟是例外情形。书家画家并不强迫人家瞻仰他的作品，而所谓音乐者也，则对于凡是在音波所及的范围以内的人，一律强迫接受，也不管其效果是沁人肺腑，抑或令人作呕。

我的朋友对隔壁音乐表示不满，那情形还不算严重。我曾经领略过一次四人合唱，使我以后对于音乐会一类的集会轻易不敢问津。一阵喝彩声把四位歌者送上演台，钢琴声响动，四位歌者同时张口，我登时感觉有五种高低疾徐全然不同的调子乱搔我的耳鼓，四位歌者唱出四个调子，第五个声音是从钢琴里发出来的！五缕声音搅作一团，全不和谐。当时我就觉得心旌战动，飘飘然如失却重心，又觉得身临歧路，彷徨无主。我回顾四座，大家都面面相觑，好像都各自准备逃生，一种分崩离析的空气弥漫于全室。像这样的音乐是极伤人的。

“音乐的耳朵”不是人人有的，这一点我承认，也许我就是缺乏这种耳朵。也许是我的环境不好，使我的这种耳朵没有适当地发育。我记得在学校宿舍里住的时候，对面楼上住着一位音乐家，还是“国乐”，每当夕阳下山，他就临窗献技，引吭高歌，配合着胡琴他唱：“我好比……”在这时节我便按捺不住，颇想走到窗前去大声地告诉他，他好比是什么。我顶怕听胡琴，北平最好的名手××我也听过多少次，无论他技巧怎样纯熟，总觉得唧唧的声音像是指甲在玻璃上抓。别种乐器，我都不讨厌，曾听古琴弹奏一段《梧桐雨》，琵琶乱弹一段《十面埋伏》，都觉得那确是音乐，唯独胡琴与我无缘。莎士比亚的《威尼斯商人》里曾说起有人一听见苏格兰人的风笛便要小便，那只是个人的怪癖罢。我对胡琴的反感亦只是一种怪癖罢？皮黄戏里的青衣、花旦之类，在戏院广场里令人毛发倒竖，若是清唱，则尤不可当，嘤然一叫，我本能地要抬起我的脚来，生怕是脚底下踩了谁的脖子！近听汉戏，黑头花脸亦唧唧锐叫，令人坐立不安；秦腔尤为激昂，常令听者随之手忙脚乱，不能自已。我可以听音乐，但若声音发自人类的喉咙，我便看不得粗了脖子红了脸的样子。我看着危险！我着急。

真正听京戏的内行人怀里揣着两包茶叶，踱到边厢一坐，听到妙处，摇头摆尾，随声击节，闭着眼睛体味声调的妙处，这心情我能了解，但是他付了多大的代价！他听了多少不愿意听的声音才能换取这一点音乐的陶醉！到如今，听戏的少，看戏的多。唱戏的亦竟以肺壮气长取胜，而不复重韵味，唯简单节奏尚是多数人所能体会，铿锵的锣鼓、油滑的管弦，都是最简单不过的，所以缺乏艺术教养的人，如一般大腹贾、大人先生、大学教授、大家闺秀、大名士、大豪绅，都趋之若鹜，自以为是在欣赏音乐！

在中西文化的交流中，我们的音乐（戏剧除外）也在蜕变，从“毛毛雨”起以至于现在流行的×××之类，都是中国小调与西洋某一级音乐的混合，时而中菜西吃，时而西菜中吃，将来成为怎样的定型，我不知道。我对音乐既不能做丝毫贡献，所以也很坦然地甘心放弃欣赏音乐的权利，除非为了某种机缘必须“共襄盛举”不得不到场备员。至于像我的朋友所抱怨的那种隔壁歌声，在我则认为是一种不可避免的自然现象，恰如我们住在屠宰场的附近便不能不听见猪叫一样，初听非常凄绝，久后亦就安之。夜深人静，荒凉的路上往往有人高唱：“一马离了西凉界……”我原谅他，他怕鬼，用歌声来壮胆，其行可恶，其情可悯。但是在天微明时练习吹喇叭，则是我所不解。“打——搭——大——滴——”一声比一声高，高到声嘶力竭，吹喇叭的人显然是很吃苦，可是把多少人的睡眠给毁了，为什么不在另一个时候练习呢？

在原则上，凡是人为的音乐，都应该宁缺毋滥。因为没有人为的音乐，顶多是落个寂寞。而按其实，人是不会寂寞的。小孩的哭声、笑声，小贩的吆喝声，邻人的打架声，市里的喧豗声，到处“吃饭了吗？”“吃饭了么？”的原是应酬而现在变成性命攸关的回答声——实在寂寞极了，还有村里的鸡犬声。最令人难忘的还有所谓天籁。秋风起时，树叶飒飒的声音，一阵阵袭来，如潮涌，如急雨，如万马奔腾，如衔枚疾走；风定之后，细听还有枯干的树叶一声声地打在阶上。秋雨落时，初起如蚕食桑叶，窸窸窣窣，继而淅淅沥沥，打在蕉叶上清脆可听。风声雨声，再加上虫声、鸟声，都是自然的音乐，都能使我产生好感，都能驱除我的寂寞，何贵乎听那“我好比……我好比……”之类的歌声？然而此中情趣，不足为外人道也。

书法

偶然拿起毛笔，顿时觉得往事如烟，似曾相识。

《颜氏家训》第十九：

真草书迹，微须留意。江南谚云："尺牍书疏，千里面目也。"承晋宋余俗，相与事之，故无顿狼狈者。吾幼承门业，加性爱重，所见法书亦多，而玩习功夫颇至，遂不能佳者，良由无分故也。然而此艺不须过精。夫巧者劳而智者忧，常为人所役使，更觉为累。韦仲将遗戒，深有以也。

这一段话很有意思。颜之推教子弟留意书法，但无须过精，这就和他教子弟做官但不可做大官的意思一样，要合乎中庸之道，真不愧为“儒雅为业”的口吻。他说此艺不可过精，理由是怕为人役，他举了韦仲将的往事为戒。韦诞，字仲将，三国魏京人，工文善书，明帝时官侍中，凌云殿成，匠人一时糊涂，榜未题字就挂上去了，乃命诞上去补写。旁人用辘辘引他上去，写完之后须发皆白。大概此人患有“高空恐怖症”，否则不至吓成那个样子。可谓艺高而胆不大。然人为书名所累，其事亦大可哀。

这样尴尬的事，现在不会再有。世人重名，不大懂得书的工拙。而有一些自以为能书者，不知藏拙，遇有机会题耑书匾写市招，辄欣然应命。常在市肆间见擘窠大字，映入眼底，俨然名人墨迹，实则抛筋露骨，拘挛歪斜，如死蛇僵蚓，或是虚泡囊肿，近似墨猪，名副其实的献丑。

或谓毛笔式微，善书者将要绝迹。我不这样悲观。书法本来不是尽人能精的。自古以来，琴棋书画雅人深致，但是卓然成家者能有几人？而且善棋者未必都能琴，善画者未必皆精于书，艺有专长，难以兼擅。当今四五十岁一代，书法佳妙者亦尚颇有几位，或“驰驱笔阵”，“其腕似铁”，或大笔如椽，龙舞蛇飞。我都非常喜爱，雅不欲厚古薄今。精于书法者，半由功力，半由天分，不能强致。读书种子不绝，书法即不会中断。此事不能期望于大众，只能由少数天才维持于不坠。我幼时上学，提墨盒，捧砚台，描红模子，写九宫格，临碑帖，写白折子，颇吃了一阵苦头，但是不久，不知怎么的毛笔墨盒砚台都不见了，代之而兴的是墨水钢笔、原子笔。本来写书信写稿子都是用毛笔的，一下子改用了钢笔原子笔。在我个人，现在用毛笔写字好像是介乎痛苦与快乐之间的一种活动。偶然拿起毛笔，顿时觉得往事如烟，似曾相识。而摇动笔杆，有如千钧之重，挥毫落纸，全然不听使唤，其笨拙不在“狗熊耍扁担”之下。在故宫博物院，看到名家书法，例如王羲之父子的真迹，如行云流水一般的萧散，“纤纤乎似初月之出天涯，落落乎犹众星之列河汉”，我痴痴地看，呆呆地看，我爱，我恨，我怨，爱古人书法之高妙，恨自己之不成材，怨上天对一般人赋予之吝啬。

虽然书法不是人尽能精，也不一定要人人都能用毛笔，最低限度传统写字的方法是应该尊重的。仓颉造字，我们却不能随便以仓颉自居。简体字自古有之，不是自今日始，但是简也有简的道理，而且是约定俗成，不是可以任意乱来的。草书有用，并且很美，但是也有一定的草法，章草、狂草都有一定的结构格局。于右任先生提倡的标准草书可谓集大成。书法常能表现一个人的性格、风度，郑板桥的字怪，因为他人怪，我们欣赏他的字而不嫌其怪。他的诗、书、画融为一体，三绝其实只是一绝。蒋心馀论板桥的几句诗：“板桥作字如写兰，波磔奇古形翩翩。板桥写兰如作字，秀叶疏花见奇致。”他写竹也是如同作书。有板桥那样的情怀才能有那样的书画。有人看他写的“难得糊涂”四个大字便刻意模仿，居然把他的怪处模拟得有几分像是真的，这不仅是如东施之效颦，简直是如孙寿的龋齿笑，徒形其丑。孙过庭《书谱》说：“初学分布，但求平正，既知平正，务追险绝，既能险绝，复归平正。”书家练过险绝的阶段还是归于平正的。初学的人求其分布平正，已经不易，不必一下手便出怪。我看见有些年轻人写字时常不守规矩，例如把“口”字一律写成为“厶”字，甚至“田”字、“国”字也不例外，一律写成为尖头怪胎。颜之推所说“尺牍书疏，千里面目”，像这样的面目直是面目可憎。

衣裳

我们平常以为英雄豪杰之士，其仪表堂堂确是与众不同。

莎士比亚有一句名言：“衣裳常常显示人品。”又有一句：“如果我们沉默不语，我们的衣裳与体态也会泄露我们过去的经历。”可是我不记得是谁了，他曾说过更彻底的话：我们平常以为英雄豪杰之士，其仪表堂堂确是与众不同，其实，那多半是衣裳装扮起来的，我们在画像中见到的华盛顿和拿破仑，固然是奕奕赫赫，但如果我们在澡堂里遇见二公，赤条条一丝不挂，我们会有异样的感觉，会感觉脱光了大家全是一样。这话虽然有点玩世不恭，确有至理。

中国旧式士子出而问世必须具备四个条件：一团和

气，两句歪诗，三斤黄酒，四季衣裳；可见衣裳是要紧的。我的一位朋友，人品很高，就是衣裳“普罗”一些，曾随着一伙人在上海最华贵的饭店里开了一个房间，后来走出饭店，便再也不得进去，司阍的巡捕不准他进去，理由是此处不施舍。无论他怎样解释也不得要领，结果巡捕引他从后门进去，穿过厨房，到账房内去理论。这不能怪那巡捕，我们几曾看见过看家的狗咬过衣冠楚楚的客人？

衣裳穿得合适，煞费周章，所以内政部礼俗司虽然绘定了各种服装的式样，也并不曾推行，幸而没有推行！自从我们剪了小辫儿以来，衣裳就没有了体制，绝对自由，中西合璧的服装也不算违警，这时候若再推行“国装”，只是于错杂纷歧之中更加重些纷扰罢了。

李鸿章出使外国的时候，袍褂顶戴，完全是“满大人”的服装。我虽无爱于清朝章制，但对于他的不穿西装，确实是很佩服的。可是西装的势力毕竟太大了，到如今理发匠都是穿西装的居多。我忆起了二十年前我穿西装的一幕。那时候西装还是一件比较新奇的事物，总觉得有点“机械化”，其构成必相当复杂。一班几十人要出洋，于是西装逼人而来。试穿之日，适值严冬，或缺皮带，或无领结，或衬衣未备，或外套未成，但零件虽然不齐，吉期不可延误，所以一阵骚动，胡乱穿起，有的宽衣博带如稻草人，有的细腰窄袖如马戏丑，大体是赤着身体穿一层薄薄的西装裤，冻得涕泗交流，双膝打战，那时的情景足当得起“沐猴而冠”四个字。当然，后来技术渐渐精进，有的把裤脚管烫得笔直，视如第二生命，有的在衣袋里插一块和领结花色相同的手绢，俨然像是一个绅士，猛然一看，国籍都要发生问题。

西装是有一定标准的。譬如，做裤子的材料要厚，可是我看见过有人在光天化日之下穿夏布西装裤，光线透穿，真是骇人！衣服的颜色要朴素沉重，可是我见过著名自诩讲究穿衣裳的男子们，他们穿的是色彩刺目的宽格大条的材料，颜色惊人的衬衣，如火如荼的领结，那样子只有在外国杂耍场的台上才偶然看得见！大概西装破烂，固然不雅，但若崭新而俗恶则更不可当。所谓洋场恶少，其气味最下。

中国的四季衣裳，恐怕要比西装更麻烦些。固然西装讲究起来也是不得了的，历史上著名的一例，詹姆斯第一[1]的朋友白金翰爵士有衣服一千六百二十五套。普

〔1〕此处的詹姆斯第一应为詹姆斯一世。

通人有十套八套的就算很好了。中装的花样要多些，但其实终年一两件长袍也能度日。中装有一件好处，舒适。中装像是变形虫，没有一定的形式，随着穿的人身体变。不像西装，中装的肩膀上不用填麻布使你冒充宽肩膀，脖子上不用戴枷系索，裤子里面有的是“生存空间”，而且冷暖平均，不像西装，咽喉下面一块只是一层薄衬衣，容易着凉，裤子两边插手袋处却又厚至三层，特别郁热！中国长袍还有一点妙处，马彬和先生（英国人入我国籍）曾为文论之。他说这钟形长袍是没有差别的，平等的，一律地遮掩了贫富贤愚。马先生自己就是穿一件蓝长袍，他简直崇拜长袍。据他看，长袍不势利，没有阶级性。可是在中国，长袍同志也自成阶级，虽然四川有些抬轿的也穿长袍。中装固然比较随便，但亦不可太随便，例如脖子底下的纽扣，在西装可以不扣，长袍便非扣不可，否则便不合于“新生活”。再例如，即便在蚊虫甚多的地方，裤脚管亦不可放进袜筒里去，做绍兴师爷状。男女服装之最大不同处，便是男装之遮盖身体无微不至，仅仅露出一张脸和两只手可以吸取日光紫外线，女装的趋势，则求遮盖愈少愈好。现在所谓旗袍，实际上只是大坎肩，因为两臂已经齐根划出。两腿尽管细直如竹筷，扭曲如松根，也往往一双双地摆在外面。袖不蔽肘，赤足裸腿，从前在某处都曾悬为厉禁，在某一种意义上，我们并不惋惜。还有一点可以指出，男子的衣服，经若干年的演化，已达到一个固定的阶段，式样色彩大概是千篇一律的了，某一种人一定穿某一种衣服，身体丑也好，美也好，总是要罩上那么一套。女子的衣裳则颇多个人的差异，仍保留大量的装饰的动机，其间大有自由创造的余地。既是创造，便有失败，也有成功。成功者便是把身体的优点表彰出来，把劣点遮盖起来；失败者便是把劣点显示出来，优点根本没有。我每次从街上走回来，就感觉我们除了优生学，还缺乏妇女服装杂志。不要以为妇女服装是琐细小事，法朗士说得好："如果我死后还能在无数出版书籍当中有所选择，你想我将选什么呢？"在这未来的群籍之中我不想选小说，亦不选历史，历史若有兴味亦无非小说。我的朋友，我仅要选一本时装杂志，看我死后一世纪中妇女如何装束。妇女装束之能告诉我未来的人文，胜过于一切哲学家、小说家、预言家及学者。

衣裳是文化中很灿烂的一部分。所以，裸体运动除了在必要的时候（如洗澡等），我总不大赞成。

雅舍

大抵好友不嫌路远，路远乃见情谊。

到四川来，觉得此地人建造房屋最是经济。火烧过的砖，常常用来做柱子，孤零零地砌起四根砖柱，上面盖上一个木头架子，看上去瘦骨嶙峋，单薄得可怜；但是顶上铺了瓦，四面编了竹篦墙，墙上敷了泥灰，远远看过去，没有人能说不像是座房子。我现在住的“雅舍”正是这样一座典型的房子。不消说，这房子有砖柱，有竹篦墙，一切特点应有尽有。讲到住房，我的经验不算少，什么“上支下摘”、“前廊后厦”、“一楼一底”、“三上三下”、“亭子间”、“茅草棚”、“琼楼玉宇”和“摩天大厦”，各式各样，我都尝试过。我不论住在哪里，只要住得稍久，对那房子便产生感情，非不得已我还舍不得搬。这“雅舍”，我初来时仅求其能蔽风雨，并不敢存奢望，现在住了两个多月，我的好感油然而生。虽然我已渐渐感觉它是并不能蔽风雨，因为有窗而无玻璃，风来则洞若凉亭，有瓦而空隙不少，雨来则渗如滴漏。纵然不能蔽风雨，“雅舍”还是自有它的个性。有个性就可爱。

“雅舍”的位置在半山腰，下距马路有七八十层的土阶。前面是阡陌螺旋的稻田。再远望过去是几抹葱翠的远山，旁边有高粱地，有竹林，有水池，有粪坑，后面是荒僻的榛莽未除的土山坡。若说地点荒凉，则月明之夕，或风雨之日，亦常有客到。大抵好友不嫌路远，路远乃见情谊。客来则先爬几十级的土阶，进得屋来仍须上坡，因为屋内地板乃依山势而铺，一面高，一面低，坡度甚大。客来无不惊叹，我则久而安之，每日由书房走到饭厅是上坡，饭后鼓腹而出是下坡，亦不觉有大不便处。

“雅舍”共是六间，我居其二。篦墙不固，门窗不严，故我与邻人彼此均可互通声息。邻人轰饮作乐，咿唔诗章，喁喁细语，以及鼾声、喷嚏声、吮汤声、撕纸声、脱皮鞋声，均随时由门窗户壁的隙处荡漾而来，破我岑寂。入夜则鼠子瞰灯，才一合眼，鼠子便自由行动，或搬核桃在地板上顺坡而下，或吸灯油而推翻烛台，或攀缘而上帐顶，或在门框桌脚上磨牙，使得人不得安枕。但是对于鼠子，我很惭愧地承认，我“没有法子”。“没有法子”一语是被外国人常常引用的，以为这话最足代表中国人的懒惰、隐忍的态度。其实我对付鼠子并不懒惰。窗上糊纸，纸一戳就破；门户关紧，而相鼠有牙，一阵咬便是一个洞洞。试问还有什么法子？洋鬼子住到“雅舍”里，不也是“没有法子”？比鼠子更骚扰的是蚊子。“雅舍”的蚊风之盛，是我前所未见的。“聚蚊成雷”真有其事！每当黄昏时候，满屋里磕头碰脑的全是蚊子，又黑又大，骨骼都像是硬的。在别处蚊子早已肃清的时候，在“雅舍”则格外猖獗，来客偶不留心，则两腿伤处累累隆起如玉蜀黍，但是我仍安之。冬天一到，蚊子自然绝迹，明年夏天——谁知道我还是否住在“雅舍”！

“雅舍”最宜月夜——地势较高，得月较先。看山头吐月，红盘乍涌，一霎间，清光四射，天空皎洁，四野无声，微闻犬吠，坐客无不悄然！舍前有两株梨树，等到月升中天，清光从树间筛洒而下，地上阴影斑斓，此时尤为幽绝。直到兴阑人散，归房就寝，月光仍然逼进窗来，助我凄凉。细雨蒙蒙之际，“雅舍”亦复有趣。推窗展望，俨然米氏章法，若云若雾，一片弥漫。但若大雨滂沱，我就又惶悚不安了。屋顶湿印到处都有，起初如碗大，俄而扩大如盆，继则滴水乃不绝，终乃屋顶灰泥突然崩裂，如奇葩初绽，砉然一声而泥水下注，此刻满室狼藉，抢救无及。此种经验，已数见不鲜。

“雅舍”之陈设，只当得简朴二字，但洒扫拂拭，不使有纤尘。我非显要，故名公巨卿之照片不得入我室；我非牙医，故无博士文凭张挂壁间；我不业理发，故丝织西湖十景以及电影明星之照片亦均不能张我四壁。我有一几一椅一榻，酣睡写读，均已有着，我亦不复他求。但是陈设虽简，我却喜欢翻新布置。西人常常讥笑妇人喜欢变更桌椅位置，以为这是妇人天性喜变之一征。诬否且不论，我是喜欢改变的。中国旧式家庭，陈设千篇一律，正厅上是一条案，前面一张八仙桌，一边一把靠椅，两旁是两把靠椅夹一只茶几。我以为陈设宜求疏落参差之致，最忌排偶。“雅舍”所有，毫无新奇，但一物一事之安排布置俱不从俗。人入我室，即知此是我室。笠翁《闲情偶寄》之所论，正合我意。

“雅舍”非我所有，我仅是房客之一。但思“天地者万物之逆旅”，人生本来如寄，我住“雅舍”一日，“雅舍”即一日为我所有。即使此一日亦不能算是我有，至少此一日“雅舍”所能给予之苦辣酸甜，我实躬受亲尝。刘克庄词，“客里似家家似寄”，我此时此刻卜居“雅舍”，“雅舍”即似我家。其实似家似寄，我亦分辨不清。

长日无俚，写作自遣，随想随写，不拘篇章，冠以“雅舍小品”四字，以示写作所在，且志因缘。

疲马恋旧秣，羁禽思故栖

小跨院种了四棵紫丁香，高逾墙外，春暖花开时满院芬芳。

“疲马恋旧秣，羁禽思故栖”是孟郊的句子，人与疲马羁禽无异，高飞远走，疲于津梁，不免怀念自己的旧家园。

我的老家在北平，是距今一百几十年前由我祖父所置的一所房子，坐落在东城相当热闹的地区，出胡同东口往北是东四牌楼，出胡同西口是南小街子。东四牌楼是四条大街的交叉口，所以商店林立，市容要比西城的西四牌楼繁盛得多。牌楼根儿底下靠右边有一家干果子铺，是我家投资开设的，领东的掌柜姓任，山西人，父亲常在晚间带着我们几个孩子溜达着到那里小憩，掌柜的经常飨我们以汽水，用玻璃球做塞子的那种小瓶汽水，仰着脖子对着瓶口汩汩而饮之，还有从蜜饯缸里抓出来的蜜饯桃脯的一条条的皱皮子，当时我认为那是一大享受。南小街可是又脏又臭又泥泞的一条路，我小时候每天必须走一段南小街去上学，时常在羊肉床子看宰羊，在切面铺买“乾蹦儿”或“糖火烧”吃。胡同东口外斜对面就是灯市口，是较宽敞的一条街，在那里有当时唯一可以买到英文教科书《汉英初阶》及墨水钢笔的汉英图书馆，以后又添了一家郭纪云，路南还有一家小有名气的专卖卤虾小菜臭豆腐的店。往南走约十五分钟进金鱼胡同便是东安市场了。

我的家是一所不大不小的房子。地基比街道高得多，门前有四层石台阶，情形很突出，人称“高台阶”。原来门前还有左右分列的上马石凳，因妨碍交通而拆除了。门不大，黑漆红心，浮刻黑字“忠厚传家久，诗书继世长”，门框旁边木牌刻着“积善堂梁”四个字，那时人家常有堂号，例如“三槐堂卫”“百忍堂张”等，“积善堂梁”出自何典我不知道。“积善之家必有余庆”，语见《易经》，总是勉人为善的好话，作为我们的堂号亦颇不恶。打开大门，里面是一间门洞，左右分列两条懒凳，从前大门在白昼是永远敞着的，谁都可以进来歇歇腿，一九一一年兵变之后才把大门关上。进了大门，迎面是两块金砖镂刻的“戬谷”两个大字，“戬谷”一语出自《诗经》“俾尔戬谷”。“戬”是福，“谷”是禄，取其吉祥之义。前面放着一大缸水葱（正名为莞，音冠），除了水冷成冰的时候总是绿油油的，长得非常旺盛。

向左转进四扇屏门，是前院。坐北朝南三间正房，中间一间辟为过厅，左右两间一为书房一为佛堂。辛亥革命前两年，我的祖父去世，佛堂取消，因为我父亲一向不喜求神拜佛，这间房子成了我的卧室，那间书房属于我的父亲，他镇日价在里面摩挲他的那些有关金石小学的书籍。前院的南边是临街的一排房，作为佣人的居室。前院的西边又是四扇屏门，里面是西跨院，两间北房由塾师居住，两间南房堆置书籍，后来改成了我的书房。小跨院种了四棵紫丁香，高逾墙外，春暖花开时满院芬芳。

走进过厅，出去又是一个院子，迎面是一个垂花门，门旁有四大盆石榴树，花开似火，结实大而且多，院里又有几棵梨树，后来砍伐改种四棵西府海棠。院子东头是厨房，绕过去一个月亮门通往东院，有一棵高庄柿子树、一棵黑枣树，年年收获累累，此外还有紫荆、榆叶梅等。我记得这个东院的主要用途是摇煤球，年年秋后就要张罗摇煤球，要敷一冬天的使用。煤黑子把煤渣与黄土和在一起，加水，和成稀泥，平铺在地面，用铲子剁成小方粒，放在大簸箩里像滚元宵似的滚成圆球，然后摊在地上晒，这份手艺真不简单，我儿时常在一旁参观十分欣赏。如遇雨天，还要急速动员抢救，否则化为一汪黑水全被冲走了。在那厨房里我是不受欢迎的，厨师嫌我碍手碍脚，拉面的时候总是塞给我一团面叫我走得远远的，我就玩那一团面，直玩到那团面像是一颗煤球为止。

进了垂花门便是内院，院当中是一个大鱼缸，一度养着金鱼，缸中还矗立着一座小型假山，山上有桥梁房舍之类。后来不知怎么水也涸了，假山也不见了，干脆作为堆置煤灰煤渣之处，一个鱼缸也有它的沧桑！东西厢房到夏天晒得厉害，虽有前廊也无济于事，幸有宽幅一丈以上的帐篷三块每天及时支起，略可遮抗骄阳。祖父逝后，内院建筑了固定的铅铁棚，棚中心设置了两扇活动的天窗，至是“天棚鱼缸石榴树……”乃粗具规模。民元之际，家里的环境突然维新，一日之内小辫子剪掉了好几根，而且装上了庞然巨物钉在墙上的“德律风”，号码是六八六。照明的工具原来都是油灯、猪蜡，只有我父亲看书时才能点白光熠熠的僧帽牌的洋蜡。煤油灯认为危险，一向抵制不用，至是里里外外装上了电灯，大放光明。还有两架电扇，西门子制造的，经常不准孩子们走近五尺距离以内，生怕削断了我们的手指。

内院上房三间，左右各有套间两间。祖父在的时候，他坐在炕上，隔着玻璃窗子外望，我们在院里跑都不敢跑。有一次我们几个孩子听见胡同里有“打糖锣儿的”的声音，一时忘形，蜂拥而出，祖父大吼：“跑什么？留神门牙！”打糖锣儿的乃是卖糖果的小贩，除了糖果兼卖廉价玩具、泥捏的小人、蜡烛台、小风筝、摔炮，花样很多，我母亲一律称之为“土筐货”。我们买了一些东西回来，祖父还坐在那里，唤我们进去。上房是我们非经呼唤不能进去的，而且是一经呼唤便非进去不可的，我们战战兢兢地鱼贯而入。他指着我问：“你手里拿着什么？”我说：“糖。”“什么糖？”我递出了手指粗细的两根，一支黑的，一支白的。我解释说：“这黑的，我们取名为狗屎橛；这白的为猫屎橛。”实则那黑的是杏干做的，白的是柿霜糖，祖父笑着接过去，一支咬一口尝尝，连说：

“不错，不错。”他要我们下次买的时候也给他买两支。我们奉了圣旨，下次听到糖锣儿一响，一涌而出，站在院子里大叫：“爷爷，您吃猫屎橛，还是吃狗屎橛？”爷爷会立即搭腔：“我吃猫屎橛！”这是我所记得的与祖父建立密切关系的开始。

父母带着我们孩子住西厢房。我同胞一共十一个，我记事的时候已经有四个，姊妹兄弟四个孩子睡一个大炕，好热闹，尤其是到了冬天，白天玩不够，夜晚钻进被窝齐头睡在炕上，还是叽叽喳喳笑语不休。母亲走过来巡视，把每个孩子脖梗子后面的棉被塞紧，使不透风，我感觉异常的舒适温暖，便怡然入睡了。我活到如今，夜晚睡时脖梗子后面透凉气，便想到母亲当年那一份爱抚的可贵。母亲打发我们睡后还有她的工作，她需要去伺候公婆的茶水点心，直到午夜；她要黎明即起，张罗我们梳洗，她睡觉的时间很少，可是等到“多年的媳妇熬成婆”，这情形又周而复始，于是女性惨矣！

大家庭的膳食是有严格规律的，祖父母吃小锅饭，父母和孩子吃普通饭，男女仆人吃大锅饭，只有吃煮饽饽吃热汤面是例外。我们北方人，饭桌上没有鱼虾，烩虾仁、溜鱼片是馆子里的菜，只有春夏之交黄鱼、大头鱼相继进入旺季，全家才能大快朵颐，每人可以分到一整尾。秋风起，要吃一两回铛爆羊肉，牛肉是永远不进家门的。院子里升起一大红泥火炉的熊熊炭火，有时也用柴，噼噼啪啪地响，铛上肉香四溢，颇为别致。秋高蟹肥，当然也少不了几回持螯把酒。平时吃的饭是标准的家常饭，到了特别的吉庆之日，看祖父母的高兴，说不定就有整只烤猪或是烧鸭之类的犒劳。祖父母的小锅饭也没有什么了不起，也不过是炮羊肉、烧茄子、焖扁豆之类，不过是细切细做而已。我记得祖父母进膳时，有时看到我们在院里拍皮球，便喊我们进去，教我们张开嘴巴，用筷子夹起半肥半瘦的羊肉片往嘴里塞，我们实在不欣赏肥肉，闭着嘴跑到外面就吐出来。祖父有时候吃得高兴，便教“跑上房的”小厮把厨子唤来，隔着窗子对他说：“你今天的炮羊肉做得好，赏钱两吊！”厨子在院中慌忙屈腿请安，连声谢谢，我觉得很好笑。我祖母天天要吃燕窝，夜晚由老张妈戴上老花眼镜坐在门旮旯儿弓着腰驼着背摘燕窝上的细茸毛，好可怜。一清早她把燕窝放在一个薄铫儿里，在小炉子上煨。官燕木盒子是我们的，黑漆金饰，很好玩。

我母亲从来不下厨房，可是经我父亲特烦，并且亲自买回鱼鲜、笋蕈之类，母亲亲操刀砧，做出来的菜硬是不同。我十四岁进了清华学校，每星期只准回家一次，除去途中往返，在家只有一顿午饭从容的时间，母亲怜爱我，总是亲自给我特备一道菜。她知道我爱吃什么，时常是一大盘肉丝韭黄加冬笋木耳丝，临起锅加一大勺花雕酒——菜的香、母的爱，现在回忆起来不禁涎欲滴而泪欲垂！

我生在西厢房，长在西厢房，回忆儿时生活大半在西厢房的那个大炕上。炕上有个被窝垛，由被褥堆垛起来的，十床八床被褥可以堆得很高，我们爬上爬下以为戏，直到把被窝垛压到连人带被一齐滚落下来然后已。炕上有个炕桌，那是我们启蒙时写读的所在。我同哥姐四个人，盘腿落脚地坐在炕上，或是把腿伸到桌底下，夜晚靠一盏油灯、三根灯草，描红模子，写大字，或是朗诵“一老人，入市中，买鱼两尾，步行回家”。我会满怀疑虑地问父亲：“为什么他买鱼两尾就不许他回家？”惹得一家大笑。有一回我们围着炕桌夜读，我两腿清酸，一时忘形把膝头一拱，哗啦啦一声炕桌滑落地上，油灯、墨盒泼洒得一塌糊涂。母亲有时督促我们用功，不准我们淘气，手里握着笤帚疙瘩或是掸子把儿，做威吓状，可是从来没有实行过体罚。这西厢房就是我的窝，夙兴夜寐，没有一个地方比这个窝更为舒适。虽然前面有廊檐而后面无窗，上支下摘的旧式房屋就是这样的通风欠佳。我从小就喜欢早起早睡。祖父生日有时叫一台“托偶戏”在院中上演，有时候是滦州影戏，唱的无非是什么《盘丝洞》《走鼓沾棉》《三娘教子》《武家坡》之类，大锣大鼓，尖声细嗓，我吃不消，我依然是按时回房睡觉，大家视我为落落寡合的怪物。可是影戏里有一个角色我至今不忘，那就是每出戏完毕之后上来叩谢赏钱的那个小丑，满身袍褂靴帽而脑后翘着一根小辫，跪下来磕三个响头，有人用惊堂木配合着用力敲三下，砰砰砰，清脆可听。我之所以对这个角色发生兴趣，是因为他滑稽，同时代表那种只为贪图一吊两吊的小利就不惜卑躬屈节向人磕头的奴才相。这种奴才相在人间世里到处皆是。

小时过年固然热闹，快意之事也不太多。除夕满院子撒上芝麻秸，踩上去喀吱喀吱地响，一乐也；宫灯、纱灯、牛角灯全部出笼，而孩子们也奉准每人提一只纸糊的“气死风”，二乐也；大开赌戒，可以掷状元红，呼卢喝雉，难得放肆，三乐也。但是在另一方面，年菜年年如是，大量制造，等于是天天吃剩菜，几顿煮饽饽吃得人倒尽胃口。杂拌儿么，不管粗细，都少不了尘埃细沙杂拌其间，吃到嘴里牙碜。撤供下来的蜜供也是罩上了薄薄一层香灰。压岁钱则一律塞进“扑满”，永远没满过，也永远没扑过，后来不知到哪里去了。天寒地冻，无处可玩，街上店铺家家闭户，里面不成腔调的锣鼓点儿此起彼落。厂甸儿能挤死人，为了“喝豆汁儿，就咸菜儿，琉璃喇叭大沙雁儿”，真犯不着。过年最使人窝心的事莫过于挨门去给长辈拜年，其中颇有些位只是年齿比我长些，最可恼的是有时候主人并不挡驾而教你进入厅堂朝上磕头，从门帘后面蓦地钻出一个不三不四的老妈妈：“哟，瞧这家的哥儿长得可出息啦！”辛亥革命以后我们家里不再有这些繁文缛节。

还有一个后院，四四方方的，相当宽绰。正中央有一棵两人合抱的大榆树。后边有榆（余）取其吉利。凡事要留有余，不可尽，是我们民族特性之一。这棵榆树不但高大而且枝干繁茂，其圆如盖，遮满了整个院子。但是不可以坐在下面乘凉，因为上面有无数的红毛绿毛的毛虫，不时地落下来，鼓鼓囊囊地惹人嫌。榆树下面有一个葡萄架，近根处埋一两只死猫，年年葡萄丰收，长长的马乳葡萄。此外靠边还有香椿一、花椒一、嘎嘎儿枣一。每逢春暮，榆树开花结荚，名为榆钱。榆荚纷纷落下时，谓之“榆荚雨”（见《荆楚岁时记》）。施肩吾《咏榆荚》诗：“风吹榆钱落如雨，绕林绕屋来不住。”我们北方人生活清苦，遇到榆荚成雨时就要吃一顿榆钱糕。名为糕，实则捡榆钱洗净，和以小米面或棒子面，上锅蒸熟，舀取碗内，加酱油醋麻油及切成段的葱白葱叶而食之。我家每做榆钱糕成，全家上下聚在院里，站在阶前分而食之。比《帝京景物略》所说“四月榆初钱，面和糖蒸食之”还要简省。仆人吃过一碗两碗之后，照例要请安道谢而退。我的大哥有一次不知怎的心血来潮，吃完之后也走到祖母跟前，屈下一条腿深深请了个安，并且说了一声“谢谢您！”祖母勃然大怒：“好哇！你把我当作什么人？……”气得几乎晕厥过去。父亲迫于形势，只好使用家法了。他从墙上取下一根藤马鞭，高高举起，轻轻落下，一五一十地打在我哥哥的屁股上。我本想跟进请安道谢，幸而免，吓得半死，从此我见了榆钱就恶心，对于无理的专制与压迫在幼小时就有了认识。后院东边有个小院，北房三间，南房一间，其间有一口井。井水是苦的，只可汲来洗衣洗菜，但是另有妙用，夏季把西瓜系下去，隔夜取出，透心凉。

想起这栋旧家宅，顺便想起若干儿时事。如今隔了半个多世纪，房子一定是面目全非了。其实人也不复当年的模样，纵使我能回去探视旧居，恐怕我将认不得房子，而房子恐怕也认不得我了。

养成好习惯

恶衣恶食，不足为耻，丰衣足食，不足为荣，这在个人之修养上是应有的认识。

人的天性大致是差不多的，但是在习惯方面却各有不同。习惯是慢慢养成的，在幼小的时候最容易养成，一旦养成之后，要想改变过来却还不很容易。

例如说，清晨早起是一个好习惯，这也要从小时候养成。很多人从小就贪睡懒觉，一遇假日便要睡到日上三竿还高卧不起，平时也是不肯早起，往往蓬首垢面地就往学校跑，结果还是迟到。这样的人长大了之后也常是不知振作，多半不能有什么成就。祖逖闻鸡起舞，那才是志士奋励的榜样。

我们中国人最重礼，因为礼是行为的轨范。礼要从家庭里做起。姑举一例：为子弟者“出必告，反必面”，这一点点对长辈的起码的礼，我们是否已经每日做到了呢？我看见有些个孩子们早晨起来对父母视若无睹，晚上回到家来如入无人之境，遇到长辈常常横眉冷目，不屑搭讪。这样的跋扈、乖戾之气如果不早早地纠正过来，将来长大到社会服务，必将处处引起摩擦，不受欢迎。我们不仅对长辈要恭敬有礼，对任何人都应维持相当的礼貌。

大声讲话，扰及他人的宁静，是一种不好的习惯。我们试自检讨一番，在别人读书、工作的时候是否有过喧哗的行为？我们要随时随地为别人着想，维持公共的秩序，顾虑他人的利益，不可放纵自己；在公共场所人多的地方，要知道依次排队，不可争先恐后地去乱挤。

时间即是生命。我们的生命一分一秒地在消耗着，我们平常不大觉得，细想起来实在值得警惕。我们每天有许多的零碎时间于不知不觉中浪费掉了。我们若能养成一种利用闲暇的习惯，一遇空闲，无论其为多么短暂，都利用之做一点有益身心之事，则积少成多，终必有成。常听人讲过“消遣”二字，最是要不得，好像是时间太多无法打发的样子。其实人生短促极了，哪里会有多余的时间待人“消遣”？陆放翁有句云：“待饭未来还读书。”我知道有人就经常利用这“待饭未来”的时间读了不少的大书。古人所谓“三上之功”——枕上、马上、厕上，虽不足为训，其用意是在劝人不要浪费光阴。

吃苦耐劳是我们这个民族的标识。古圣先贤总是教训我们要能过得俭朴的生活，所谓“一箪食，一瓢饮”，就是形容生活状态之极端的刻苦，所谓“嚼得菜根”，就是表示一个有志的人之能耐得清寒。恶衣恶食，不足为耻，丰衣足食，不足为荣，这在个人之修养上是应有的认识。罗马帝国盛时的一位皇帝Marcus Aurelius[1]，他从小就摒绝一切享受，从来不参观那当时风靡全国的赛车、比武之类的娱乐，终其身成为一位严肃的苦修派的哲学家，而且也建立了不朽的事功。这是很值得钦佩的。我们中国是一个穷的国家，所以我们更应该体念艰难，弃绝一切奢侈，尤其是从外国来的奢侈；宜从小就养成俭朴的习惯，更要知道物力维艰，竹头木屑，皆宜爱惜。

〔1〕马可·奥勒留（121—180），罗马帝国政治家、军事家、哲学家，罗马帝国五贤帝时代最后一位皇帝。——编者注

以上数端不过是偶然拈来，好的习惯千头万绪，“勿以善小而不为”。习惯养成之后，便毫无勉强，临事心平气和，顺理成章。充满良好习惯的生活，才是合于“自然”的生活。

想我的母亲

如今想想，一个人能有多少时间可以偎在母亲身旁？

父母对子女的爱，子女对父母的爱，是神圣的。我写过一些杂忆的文字，不曾写过我的父母，因为关于这个题目我不敢轻易下笔。小民女士逼我写几句话，辞不获已，谨先略述二三小事以应，然已临文不胜风木之悲。

我的母亲姓沈，杭州人。世居城内上羊市街。我在幼时曾侍母归宁，时外祖母尚在，年近八十。外祖父入学后，没有更进一步的功名，但是课子女读书甚严。我的母亲教导我们读书启蒙，尝说起她小时苦读的情形。她同我的两位舅父一起冬夜读书，冷得腿脚僵冻，取大竹篓一，实以败絮，三个人伸足其中以取暖。我当时听得惕然心惊，遂不敢荒嬉。我的母亲来我家时年甫十八九，以后操持家务尽瘁终身，不复有暇进修。

我同胞兄弟姊妹十一人，母亲的煦育之劳可想而知。我记得我母亲常于百忙之中抽空给我们几个较小的孩子们洗澡。我怕肥皂水流到眼里，我怕痒，总是躲躲闪闪，总是咯咯地笑个不住，母亲没有工夫和我们纠缠，随手一巴掌打在身上，边洗边打边笑。

北方的冬天冷，屋里虽然有火炉，睡时被褥还是凉似铁。尤其是钻进被窝之后，脖子后面透风，冷气顺着脊背吹了进来。我们几个孩子睡一个大炕，头朝外，一排四个被窝。母亲每晚看到我们钻进了被窝，吱吱喳喳地笑语不停，便走过来把油灯吹熄，然后给我们一个个地把脖子后面的棉被塞紧，被窝立刻暖和起来，不知不觉地就睡着了。我不知道母亲用的是什么手法，只知道她塞棉被带给我无可言说的温暖舒适，我至今想起来还是快乐的，可是那个感受不可复得了。

我从小不喜欢喧闹。祖父母生日照例院里搭台唱傀儡戏或滦州影。一过八点我便掉头而去进屋睡觉。母亲得暇便取出一个大簸箩，里面装的是针线剪尺一类的缝纫器材，她要做一些缝缝连连的工作，这时候我总是一声不响地偎在她的身旁，她赶我走我也不走，有时候竟睡着了。母亲说我乖，也说我孤僻。如今想想，一个人能有多少时间可以偎在母亲身旁？

在我的儿时记忆中，我母亲好像是没有时间睡觉。天亮就要起来，给我们梳小辫是一桩大事，一根一根地梳个没完。她自己要梳头，我记得她用一把抿子蘸着刨花水，把头发弄得锃光大亮。然后她要一听上房有动静便急忙前去当差。盖碗茶、燕窝、莲子、点心，都有人预备好了，但是需要她去双手捧着送到祖父母跟前，否则要儿媳妇做什么？在公婆面前，儿媳妇是永远站着，没有座位的。足足地站几个钟头下来，不是缠足的女人怕也受不了！最苦的是，公婆年纪大，不过午夜不安歇，儿媳妇要跟着熬夜在一旁侍候。她困极了，有时候回到房里来不及脱衣服倒下便睡着了。虽然如此，母亲从来没有发过一句怨言。到了民元前几年，祖父母相继去世，我母亲才稍得轻闲，然而主持家政教养儿女也够她劳苦的了。她抽暇隔几年返回杭州老家去度夏，有好几次都是由我随侍。

母亲爱她的家乡。她在北京住了几十年，乡音不能完全改掉。我们常取笑她，例如北京的“京”，她说成

“金”，她有时也跟我们学，总是学不好，她自己也觉得好笑。我有时学着说杭州话，她说难听死了，像是门口儿卖笋尖的小贩说的话。

我想一般人都会同意，凡是自己母亲做的菜永远是最好吃的。我的母亲平常不下厨房，但是她高兴的时候，尤其是父亲亲自到市场买回鱼鲜或其他南货的时候，在父亲特烦之下，她也欣然操起刀俎。这时候我们就有福了。我十四岁离家到清华，每星期回家一天，母亲就特别疼爱我，几乎很少例外地要亲自给我炒一盘冬笋木耳韭菜黄肉丝，起锅时浇一勺花雕酒，这是我最喜欢的一道菜。但是这一盘菜一定要母亲自己炒，别人炒味道就不一样了。

我母亲喜欢在高兴的时候喝几盅酒。冬天午后围炉的时候，她常要我们打电话到长发叫五斤花雕，绿釉瓦罐，口上罩着一张毛边纸，温热了倒在茶杯里和我们共饮。下酒的是大落花生，若是有“抓空儿的”，买些干瘪的花生吃则更有味。我和两位姊姊陪母亲一顿吃完那一罐酒。后来我在四川独居无聊，一斤花生一罐茅台当作晚饭，朋友们笑我吃“花酒”，其实是我母亲留下的作风。

我自从入了清华，和母亲在一起的时候就少了。抗战前后各有三年和母亲住在一起。母亲晚年喜欢听平剧，最常去的地方是吉祥，因为离家近，打个电话给卖飞票的，总有好的座位。我很后悔，我没能分出时间陪她听戏，只是由我的姊姊弟弟们陪她消遣。

我父亲曾对我说，我们的家所以成为一个家，我们几个孩子所以能成为人，全是靠了我母亲的辛劳维护。一九四九年以后，音讯中断，直等到恢复联系，我才知道母亲早已弃养，享寿九十岁。西俗，母亲节佩红康乃馨，如不确知母亲是否尚在则佩红白康乃馨各一。如今我只有佩白康乃馨的份了，养生送死，两俱有亏，惨痛惨痛！

北平的街道

天下一切事物没有不变的，北平岂能例外？

“无风三尺土，有雨一街泥”，这是北平街道的写照。也有人说，下雨时像大墨盒，刮风时像大香炉，亦形容尽致。像这样的地方，还值得去想念么？不知道为什么，我时常忆起北平街道的景象。

北平苦旱，街道又修得不够好，大风一起，迎面而来，又黑又黄的尘土兜头洒下，顺着脖梗子往下灌，牙缝里会积存沙土，咯吱咯吱地响，有时候还夹杂着小碎石子，打在脸上挺痛，眯眼睛更是常事，这滋味不好受。下雨的时候，大街上有时候积水没膝，有一回洋车打天秤，曾经淹死过人。小胡同里到处是大泥塘，走路得靠墙，还要留心泥水溅个满脸花。我小时候每天穿行大街小巷上学下学，深以为苦，长辈告诫我说，不可抱怨，从前的道路不是这样子，甬路高与檐齐，上面是深刻的车辙，那才令人视为畏途。这样退一步想，当然痛快一些。事实上，我也赶上了一部分的当年交通困难的盛况。我小时候坐轿车出前门是一桩盛事，走到棋盘街，照例是“插车”，壅塞难行，前呼后骂，等得心焦，常常要一小时以上才有松动的现象。最难堪的是这一带路上铺厚石板，年久磨损露出很宽、很深的缝隙，真是豁牙露齿，骡车、马车行走其间，车轮陷入缝隙，左一歪右一倒，就在这一步一倒之际脑袋上会碰出核桃大的包左右各一个。这种情形后来改良了，前门城洞由一个变四个，路也拓宽，石板也取消了，更不知是什么人作一大发明——“靠左边走”。

北平城是方方正正地坐北朝南，除了为象征“天塌西北地陷东南”缺了两个角，没有什么不规则形状，因此街道也就显得横平竖直、四平八稳。东四、西四、东单、西单，四个牌楼把锯四个中心点，巷弄栉比鳞次，历历可数。到了北平不容易迷途者以此。从前皇城未拆，从东城到西城需要绕过后门，现在打通了一条大路，经北海团城而金鳌玉蛛，雕栏玉砌，风景如画，是北平城里最漂亮的道路。向晚驱车过桥，左右目不暇给。城外还有一条极有风致的路，便是由西直门通到海淀的那条马路，夹路是高可数丈的垂杨柳，一棵挨着一棵，夏秋之季，蝉鸣不已，柳丝飘拂，夕阳西下，景色幽绝。我小时候读书清华园，每星期往返这条道上，前后八年，有时骑驴，有时乘车，这条路给我的印象太深了。

北平街道的名字，大部分都有风趣，宽的叫“宽街”，窄的叫“夹道”，斜的叫“斜街”，短的有“一尺大街”，方的有“棋盘街”，曲折的有“八道弯”“九道弯”，新辟的叫“新开路”，狭隘的叫“小街子”，低下的叫“下洼子”，细长的叫“豆芽菜胡同”。有许多因历史沿革的关系意义已经失去，例如，“琉璃厂”已不再烧琉璃瓦而变成书业集中地，“肉市”已不卖肉，“米市胡同”已不卖米，“煤市街”已不卖煤，“鹁鸽市”已无鹁鸽，“缸瓦厂”已无缸瓦，“米粮库”已无粮库。更有些路名稍嫌俚俗，其实俚俗也有俚俗的风味，不知哪位缙绅大人自命风雅，擅自改为雅驯一些的名字，例如，“豆腐巷”改为“多福巷”，“小脚胡同”改为“晓教胡同”，“劈柴胡同”改为“辟才胡同”，“羊尾巴胡同”改为“羊宜宾胡同”，“裤子胡同”

改为“库资胡同”，“眼乐胡同”改为“演乐胡同”，“王寡妇斜街”改为“王广福斜街”。民初警察厅有一位刘勃安先生，写得一手好魏碑，搪瓷制的大街小巷的名牌全是此君之手笔。幸而北平尚没有纪念富商显要以人名为路名的那种作风。

北平，不比十里洋场，人民的心理比较保守，沾染的洋习较少较慢。东交民巷是特殊区域，里面的马路特别平，里面的路灯特别亮，里面的楼房特别高，里面打扫得特别干净，但是望洋兴叹与鬼为邻的北平人却能视若无睹，见怪不怪。北平人并不对这一块自感优越的地方投以艳羡眼光，只有二毛子准洋鬼子才直眉瞪眼地往里面钻。地道的北平人，提着笼子架着鸟，宁可到城根儿去溜达，也不肯轻易踱进那一块瞧着令人生气的地方。

北平没有逛街之一说。一般说来，街上没有什么可逛的。一般的铺子没有窗橱，因为殷实的商家都讲究“良贾深藏若虚”，好东西不能摆在外面，而且买东西都讲究到一定的地方去，用不着在街上浪荡。要散步么，到公园北海太庙景山去。如果在路上闲逛，当心车撞，当心泥塘，当心踩一脚屎！要消磨时间么，上下三六九等，各有去处，在街上遛馊腿最不是办法。当然，北平也有北平的市景，闲来无事偶然到街头看看，热闹之中带着悠闲也蛮有趣。有购书癖的人，到了琉璃厂，从厂东门到厂西门可以消磨整个半天，单是那些匾额招牌就够欣赏许久，一家书铺挨着一家书铺，掌柜的肃客进入后柜，翻看各种图书版本，那真是一种享受。

北平的市容，在进步，也在退步。进步的是物质建设，诸如马路、行人道的拓宽与铺平，退步的是北平特有的情调与气氛逐渐消失褪色了。天下一切事物没有不变的，北平岂能例外？

寂寞

但凡我有一刻寂寞时，我要好好地享受它。

寂寞是一种清福。我在小小的书斋里，焚起一炉香，袅袅的一缕烟线笔直地上升，一直戳到顶棚，好像屋里的空气是绝对静止的，我的呼吸都没有搅动出一点儿波澜似的。我独自暗暗地望着那条烟线发怔。屋外庭院中的紫丁香树还带着不少嫣红、焦黄的叶子，枯叶乱枝时时的声响可以很清晰地听到，先是一小声清脆的折断声，然后是撞击着枝干的磕碰声，最后是落到空阶上的拍打声。这时节，我感到了寂寞。在这寂寞中我意识到了我自己的存在——片刻的孤立的存在。这种境界并不太易得，与环境有关，但更与心境有关。寂寥不一定要到深山大泽里去寻求，只要内心清净，随便在市廛里，陋巷里，都可以感觉到一种空灵悠逸的境界，所谓“心远地自偏”是也。在这种境界中，我们可以在想象中翱翔，跳出尘世的渣滓，与古人游。所以我说，寂寞是一种清福。

在礼拜堂里我也有过同样的经验。在伟大庄严的教堂里，从彩画玻璃透进一股不很明亮的光线，沉重的琴声好像是把人的心都洗淘了一番似的，我感觉到了我自己的渺小。这渺小的感觉便是我意识到自己存在的明证。因为平常连这一点点渺小之感都不会有的！

我的朋友萧丽先生卜居在广济寺里。据他告诉我，在最近一个夜晚，月光皎洁，天空如洗，他独自踱出僧房，立在大雄宝殿前的石阶上，翘首四望。月色是那样的晶明，蓊郁的树是那样的静止，寺院是那样的肃穆，他忽然顿有所悟，悟到永恒，悟到自我的渺小，悟到四大皆空的境界。我相信一个人常有这样的经验，他的胸襟自然豁达辽阔。

但是寂寞的清福是不容易长久享受的。它只是一瞬间的存在。世间有太多的东西不时地在提醒我们，提醒我们一件杀风景的事实：我们的两只脚是踏在地上的呀！一只苍蝇撞在玻璃窗上挣扎不出，一声“老爷、太太可怜可怜我这瞎子罢”，都可以使我们从寂寞中间一头栽出去，栽到苦恼、烦躁的漩涡里去。至于“催租吏”一类的东西之打上门来，或是“石壕吏”之类的东西半夜捉人，其足以使人败兴生气，就更不待言了。这还是外界的感触，如果自己的内心先六根不净，随时都意马心猿，则虽处在最寂寞的境地里，他也是慌成一片、忙成一团，六神无主，暴躁如雷，他永远不得享受寂寞的清福。

如此说来，所谓寂寞不即是一种唯心论，一种逃避现实的现象么？也可以说是。一个高蹈隐遁的人，在从前的社会里还可以存在，而且还颇受人敬重，在现在的社会里是绝对的不可能。现在似乎只有两种类型的人了，一是在现实的泥溷中打转的人，一是偶尔也从泥溷中昂起头来喘几口气的人。寂寞便是供人喘息的几口清新空气。喘过几口气之后还得耐心地低头钻进泥溷里去。所以我对于能够昂首物外的举动并不愿再多苛责。逃避现实，如果现实真能逃避，吾寤寐以求之！

有过静坐经验的人该知道，最初努力把握着自己的心，教它什么也不想，那是多么困难的事！那是强迫自己入于寂寞的手段，所谓参禅入定全属于此类。我所赞美的寂寞，稍异于是。我所谓的寂寞，是随缘偶得，无须强求，一霎间的妙悟也不嫌短，失掉了也不必怅惘。但凡我有一刻寂寞时，我要好好地享受它。

群芳小记

我常想起黄山谷的句子："白发黄花相牵挽，付与傍人冷眼看。"

"老子爱花成癖"，这话我不敢说。爱花则有之，成癖则谈何容易。需要有一块良好的场地，有一间宽敞的温室，有各种应用的器材。更重要的是有健壮的体格和充分的闲暇。我何足以语此。好不容易我有了余力，有了闲暇，但是曾几何时，人垂垂老矣！两臂乏力，腰不能弯，腿不能蹲。如何能够剪草、搬盆、施肥、换土？请一位园丁，几天来一次，只能帮做一点粗重的活。而且花是要自己亲手培养，看着它抽芽放蕊，才有趣味。像鲁迅所描写的"吐两口血，扶着丫鬟，到阶前看秋海棠"，那能算是享受么？

迁台以来，几度播迁，看到了不少可爱的花。但是我经过多少次的移徙，“乔迁”上了高楼，竟没有立锥之地可资利用，种树莳花之事乃成为不可能。无已，只好寄情于盆栽。幸而菁清爱花有甚于我者，她拓展阳台安设铁架，常不惜长途奔走载运花盆、肥土，戴上手套做园艺至于忘寝废食。如今天晴日丽，我们的窗前绿意盎然。尤其是她培植的“君子兰”由一盆分为十余盆，绿叶黄花，葳蕤多姿。我常想起黄山谷的句子：“白发黄花相牵挽，付与傍人冷眼看。”

菁清喜欢和我共同赏花，并且要我讲述一些有关花木的见闻，爰就记忆所及，拉杂记之。

一、海棠

海棠的风姿艳质，于群芳之中颇为突出。

我第一次看到繁盛缤纷的海棠是在青岛的第一公园。二十年春，值公园中樱花盛开，夹道的繁花如簇，交叉蔽日，蜜蜂嗡嗡之声盈耳，游人如织。我以为樱花无色无香，纵然蔚为雪海，亦无甚足观，只是以多取胜。徘徊片刻，乃转去苗圃，看到一排排西府海棠，高及丈许，而花枝招展，绿鬓朱颜，正在风情万种、春色撩人的阶段，令人有忽逢绝艳之感。

海棠的品种繁多，以“西府”为最胜，其姿态在“贴梗”“垂丝”之上。最妙处是每一花苞红得像胭脂球，配以细长的花茎，斜欹挺出而微微下垂，三五成簇。凡是花，若是紧贴在梗上，便无姿态，例如茶花，好的品种都是花朵挺出的。樱花之所以无姿态，便是因为无花茎。榆叶梅之类更是品斯下矣。海棠花苞最艳，开放之后花瓣的正面是粉红色，背面仍是深红，俯仰错落，浓淡有致。海棠的叶子也陪衬得好，嫩绿光亮而细致。给人整个的印象是娇小艳丽。我立在那一排排的西府海棠前面，良久不忍离去。

十余年后我才有机会在北平寓中垂花门前种植四棵西府海棠，着意培植，春来枝枝花发，朝夕品赏，成为毕生快事之一。明初诗人袁士元《和刘德彝海棠》诗有句云：“主人爱花如爱珠，春风庭院如画图。”似此古往今来，同嗜者不在少。两蜀花木素盛，海棠尤为著名。昌州（今重庆市，大足区）且有“海棠香国”之称。但是杜工部经营草堂，广栽花木，独不及海棠，诗中亦不加吟咏，或谓避母讳，不知是否有据。唐诗人郑谷《蜀中赏海棠》诗云："浓淡芳春满蜀乡，半随风雨断莺肠，浣花溪上堪惆怅，子美无心为发扬。"其言若有憾焉。

以海棠与美人春睡相比拟，真是联想力的极致。《唐书·杨贵妃传》："明皇登沉香亭，召杨妃，妃被酒新起，命力士从侍儿扶掖而至。明皇笑曰：'此真海棠睡未足耶？'"大概是海棠的那副懒洋洋的娇艳之状像是美人春睡初起。究竟是海棠像美人，还是美人像海棠，倒是一个有趣的问题。苏东坡一首《海棠》诗有句云："林深雾暗晓光迟，日暖风清春睡足。"是把海棠比作美人。

秦少游对于海棠特别感兴趣。宋释惠洪《冷斋夜话》："少游在黄州，饮于海棠桥，桥南北多海棠，有老书生家于海棠丛间。少游醉宿于此，明日题其柱云：'唤起一声人悄，衾冷梦寒窗晓。瘴雨过，海棠开，春色又添多少？社瓮酿成微笑，半缺瘿瓢共舀。觉倾倒，急投床，醉乡广大人间小。'"家于海棠丛中，多么风流！少游醉后题词，又是多么潇洒！少游家中想必也广植海棠，因为同为苏门四学士的晁补之有一首《喜朝天》，注"秦宅海棠作"，有句云："碎锦繁绣，更柔柯映碧，纤挡匀殷。谁与将红间白。采薰笼，仙衣覆斑斓。如有意，浓妆淡抹，斜倚阑干。"刻画得淋漓尽致。

二、含笑

白朴的曲子《广东原》有这样的一句："忘忧草，含笑花，劝君闻早宜冠挂。"以"忘忧草"（即萱草）与"含笑花"作对，很有意思。大概是语出欧阳修《归田录》："丁晋公……在海南篇咏尤多，如'草解忘忧忧底事，花名含笑笑何人？'尤为人所传诵。"含笑花是什么样子，我从未见过，因为它是南方花木，北地所无。

我来到台湾之后十年，开始经营小筑，花匠为我在庭园里栽了一棵含笑。是一人来高的灌木，叶小枝多，毫无殊相。可是枝上有累累的褐色花苞，慢慢长大，长到像莲实一样大，颜色变得淡黄，在燠热湿蒸的天气中，突然绽开。不是突然展瓣，是花苞突然裂开小缝，像是美人的樱唇微绽，一缕浓烈的香气荡漾而出。所以名为含笑。那香气带着甜味，英文俗名称之为"香蕉灌木"（banana shrub），名虽不雅，却贴切。宋人陈善《扪虱新话》："含笑有大小，小含笑香尤酷烈。四时有花，唯夏中最盛。又有紫含笑、茉莉含笑。皆以日夕入稍阴则花开。初开香尤扑鼻。予山居无事，每晚凉坐山亭中，忽闻香风一阵，满室郁然，知是含笑开矣。"所记是实。含笑易谢，不待隔日即花瓣敞张，露出棕色花心，香气亦随之散尽，落花狼藉满地。但是翌日又有一批花苞绽开，如是持续很久。淫雨之后，花根积水，遂渐呈枯零之态。急为垫高地基，盖以肥土，以利排水，不久又欣欣向荣，花苞怒放了。

大抵花有色则无香，有香则无色。不知是否上天造物忌全？含笑异香袭人，而了无姿色，在群芳中可独树一格。宋人姚宽《西溪丛语》载“三十客”之说，品藻花之风格，其说曰：“牡丹，贵客。梅，清客。李，幽客。桃，妖客。杏，艳客。莲，溪客。木樨，严客。海棠，蜀客。……含笑，佞客。……”含笑竟得“佞客”之名，殊难索解。佞有伪善或谄媚之意。含笑芬芳馥郁，何佞之有？我对于含笑特有一份好感，因为本地人喜欢采择未放的含笑花苞，浸以净水，供奉在亡亲灵前或佛龛案上，一瓣心香，情意深远，美极了。有一位送货工友，在我门外就嗅到含笑香，向我乞讨数朵，问以何用，答称新近丧母，欲以献在灵前，我大为感动，不禁鼻酸。

三、牡丹

牡丹不是我国特产，好像是传自西方。隋唐以来，始盛播于中土，朝野为之风靡。天宝中，杨贵妃在沉香亭赏木芍药，李白作《清平调词》三章，有“云想衣裳花想容”之句。木芍药即牡丹。百年之后，裴度退隐，“寝疾永乐里，暮春之月，忽过游南园，令家仆童升至药栏，语曰：‘我不见花而死，可悲也。’怅然而返。明早报牡丹一丛先发，公视之，三日乃薨”，是真所谓牡丹花下死。白居易为钱塘寺，携酒赏牡丹，张祜题诗云：“浓艳初开小药栏，人人惆怅出长安。风流却是钱塘守，不踏红尘看牡丹。”刘禹锡赏牡丹诗：“唯有牡丹真国色，花开时节动京城。”其他诗人吟咏牡丹者不计其数。

周敦颐《爱莲说》：“自李唐来，世人甚爱牡丹。……牡丹，花之富贵者也。……牡丹之爱，宜乎众矣。”濂溪先生独爱莲，这也罢了，但是字里行间对于牡丹似有贬义。国色天香好像蒙上了羞。富贵中人和向往富贵的人当然仍是趋牡丹如鹜。许多志行高洁的人就不免要受《爱莲说》的影响，在众芳之中别有所爱而讳言牡丹了。一般人家里没有药栏，也没有盆栽的牡丹，但至少壁上可以悬挂一幅富贵花图。通常一画就是五朵，而且颜色不同，魏紫、姚黄之外再加上绛色的、粉红色的和朱红色的。据说这表示五世其昌。五朵花都是同时在盛开怒放的姿态之中，花蕊暴露，而没有一瓣是萎腰褪色的。同时，还必须多画上几个含苞待放的蓓蕾，表示不会断子绝孙。因此牡丹益发沾染了俗气。

其实，牡丹本身不俗。花大而瓣多，色彩淡雅，黄蕊点缀其间，自有雍容丰满之态。其质地细腻，不但花瓣的纹路细致，而且厚薄适度。叶子的脉理停匀，形状色彩，亦均秀丽可观。最难得的是其近根处的木本，在泡松的木干之中抽出几根，透润的枝条，极有风致。比起芍药不可同日而语。尝看恽南田工笔画的没骨牡丹，只觉其美，不觉其俗，也许因为他不是画给俗人看的。

名花多在寺院中，除了庄严佛土，还可吸引众生前去随喜。苏东坡知杭州，就常到明庆寺吉祥寺赏牡丹，有诗为证。《雨中明庆寺赏牡丹》：“霏霏雨露作清妍，烁烁明灯照欲然。明日春阴花未老，故应未忍着酥煎。”末句有典故，五代后蜀有一兵部二卿李昊，牡丹开时分赠亲友，附兴采酥，于花谢时煎食之。牡丹花瓣裹上面糊，下油煎之，也许有一股清香的味道，犹之菊花可以下火锅，不过究竟有些煞风景。北平崇孝寺的牡丹是有名的，据说也有所谓名士在那里吃油炸牡丹花瓣，饱尝异味。崂山的下清寺，有牡丹高与檐齐，可惜我几度游山不曾有一见的机会。

牡丹娇嫩，怕冷又怕热。东坡说：“应笑春风木芍药，丰肌弱骨要人医。”我在故乡曾植牡丹一栏，天寒时以稻草束之，一任冰雪埋覆，来春启之施肥，使根干处通风，要灌水但是也要宜排水。届时花必盛开，似不需特别调护。在台湾亦曾参观过一次牡丹展，细小羸弱，全无妖妍之致，可能是时地不宜。

四、莲

《古乐府》：“江南可采莲，莲叶何田田。”不只江南可采莲，凡是有水的地方，大概都可以有莲，除非是太寒冷的地方。“曲院风荷”是西湖十景之一。南京玄武湖里一片荷花，多少人在那里荡小舟，钻进去偷吃莲蓬。可是莲花在北方依然是常见的，济南的大明湖，北平的什刹海，都是暑日菡萏敷披风送荷香的胜地，而北海靠近金鳌玉蛛一带的荷芰，在炎夏时候更是青年男女闹舡寻幽谈爱的好地方。

初来台湾，一日忽动乡思，想吃一碗荷叶粥，而荷叶不可得。市内公园池塘内有莲花，那是睡莲，非我所欲。后来看到植物园里有一相当大的荷塘，近边处的花和叶都已被人摧折殆尽。有一天作郊游，看见稻田中居然有一塘荷花，停身觅主人请购荷叶，主人不肯收资，举以相赠。回家煮粥，俟熟乘沸以荷叶盖在上面，少顷粥现淡绿色，有香气扑鼻。多余的荷叶弃之可惜，实以米粉肉，裹而蒸之，亦有情趣。其实这也是类似莼鲈之想，慰情聊胜于无而已。

小时家里种了好几大盆荷花。春水既泮，便从温室取出置阳光下，截除烂根细藕，换泥加水，施特殊肥料（车厂出售之修马掌骡掌的角质碎片）。到了夏初，则荷叶突出，荷花挺现，不及池塘里的高大，但亦丰腴可喜。清晨露尚未晞，露珠在荷叶上滚来滚去。静看荷花展瓣，瓣上有细致的纹路，花心露出淡黄的花蕊和秀嫩的莲房，有说不出的一股纯洁之致。而微风过处，茎细而圆大的荷叶，微微摇晃，婀娜多姿，尤为动人。陈造《早夏》诗："凉荷高叶碧田田。"画家写风竹，枝叶披拂，令人如闻风飕飕声，但我尚未见有人画出饶有动态的风荷。

先君甚爱种荷，晨起辄裴回荷盆间，计数其当日开放之花朵，低吟慢唱，自得其乐。记得有一次折下一枝半开的红莲插入一只仿古蟹爪纹细长素白的胆瓶里，送到书房几上。塾师援笔在瓶上写了“出淤泥而不染，濯清涟而不妖”几个大字，犹如俗匠在白瓷茶壶上题“一片冰心”一般。“花如解语还多事”，何况是陈腐的题句？欲其雅，适得其反。

近闻有人提议定莲花为花莲的县花。这显然是效法美国人之所谓“州花”。广植莲花，未尝不好，锡以封号，似可不必。

五、辛夷

辛夷，属木兰科，名称很多，一名新雉，又名木笔，因其花未开时形如毛笔。又名侯桃，因其花苞如小桃，有茸毛。辛夷南北皆有之。王维辋川别墅中即有一处名辛夷坞，有诗为证：“木末芙蓉花，山中发红萼。涧户寂无人，纷纷开且落。”北平颐和园的正殿之前有两棵辛夷，花开极盛，但我一向不曾在花时游览，仅于画谱中略识其面貌。蜀中花事夙盛，大街小巷辄有花户设摊贩花。二十八年春，我在重庆，一日踱出中国旅行社招待所，于路隅花摊购得辛夷一大枝，花苞累累有百数十朵，有如叉枝繁多之蜡烛台，向逆旅主人乞得大花瓶一只，注满清水，插花入瓶，置于梳妆台上，台三面有镜，回光交映，一室生春。

辛夷有紫红、纯白两种，纯白者才是名副其实的木笔，而且真像是毛笔头，溜尖溜尖地一个个地笔直地矗立在枝上。细小者如小楷兔毫，稍大者如寸楷羊毫，更大者如小型羊毫抓笔。着花时不生叶，赭色枝头遍插白笔头，纯洁无疵，蔚为奇观。花开六瓣，瓣厚而实，晨展而夕收，插瓶六七日始谢尽。北碚后山公园有辛夷数十本，高约二丈，红白相间，非常绚烂，我于偕友登小丘时无意中发现之。其处鲜有人去观赏，花开花谢，狼藉委地，没有人管。

美国西雅图市，家家户前芳草如茵，莳花种树，一若争奇斗艳。于篱落间偶然亦可见有辛夷杂于其内。率皆修剪其枝干不令过高。我的寄寓之所，院内也有一棵，而且是不落叶的那一种，一年四季都有绿叶，花开时也有绿叶扶持。比较难于培植，但是花香特别浓郁。有一次我发现一只肥肥大大的蜜蜂卧在花心旁边，近视之则早已僵死。杜工部句:“不是爱花即欲死，只恐花尽老相催。”这只蜜蜂莫非是爱花即欲死？

来到台湾，我尚未见过辛夷。

六、水仙

岁朝清供，少不得水仙。记得小时候，一到新春，家人就把大大小小的瓷钵搬了出来，连同里面盛着的小圆石子一起洗刷干净，然后一钵钵地把水仙的鳞茎栽植其中，用石子稳定其根须，注以清水，置诸案头。那些小圆石子，色洁白，或椭圆，或略扁，或大或小，据说是产自南京的雨花台。多少年下来，雨花台的石子被人捡光了，所以家藏的几钵石子就很宝贵，好像比水仙还更被珍惜。为了点缀色彩，石子中间还撒上一些碎珊瑚，红白相间，别有情趣。

水仙一花六瓣，作白色，花心副瓣，作黄色，宛然盏样，故有“金盏银台”之称。它怕冷，它要阳光。我们把它放在窗内有阳光处去晒它，它很快地展瓣盛开。天天搬来搬去，天天换水，要小心地伺候它。它有袭人的幽香，它有淡雅的风致。虽是多年生草本，但北地苦寒难以过冬，不数日花开花谢，只得委弃。盛产水仙之地在闽南，其地有专家培植修割，及春则运销各地供人欣赏。英国十七世纪诗人赫里克（Herrick）看了水仙，辄有春光易老之叹。他说：

人生苦短，和你一样，
我们的春天一样的短；
很快地长成，面临死亡，
和你，和一切，没有两般。
（We have short time to stay, as you,
We have as short a spring;
As quick a growth to meet decay,
As you, or anything.）

西方的水仙，和我们的品种略异，形色完全一样，而花朵特大，唯香气则远逊。他们不在盆里供养，而是在湖边泽地任其一大片一大片地自由滋生。诗人华次渥兹[1]有一首名诗《我孤独地漂荡像一朵云》，歌咏的就是水边瞥见成千成万朵的水仙花，迎风招展。水仙花引发诗人一片欢愉之情而不能自已，而他最大的快乐是日后寂寞之时回想当时情景益觉趣味无穷。我没有到过英国的湖区，但是我在美洲若干公园里看见过成片的水仙，仿佛可以领略到华次渥兹当年的感受。不过西方人喜欢

〔1〕 William Wordsworth，1770—1850，英国诗人。《辞海》收录为华兹华斯。——编者注

看大片的花丛，我们的文人雅士则宁可一株、一枝、一花、一叶地细细观赏，山谷所云“坐对真成被花恼”，情调完全不同。(《离骚》“既滋兰之九畹兮，又树蕙之百亩”，我想是想象之辞，不可能真有其事。)

在台湾，几乎家家户户有水仙点缀春景。植水仙之器皿，花样翻新，奇形怪状，似不如旧时瓷钵之古朴可爱，至于粗糙碎石块代替小圆石，那就更无足论了。

七、丁香

提起丁香，就想起杜甫的一首小诗：

丁香体柔弱，乱结枝犹垫。
细叶带浮毛，疏花披素艳。
深栽小斋后，庶近幽人占。
晚堕兰麝中，休怀粉身念。

这是他的《江头五咏》之一，见到江畔丁香发此咏叹。时在宝应元年，诗中的“垫”字费解。仇注根据《说文》：“垫，下也。凡物之下坠皆可云垫。”好像是说丁香枝弱，故此下坠。施鸿保《读杜诗说》："下堕义，与犹字不合。今人常语衬垫，若训作衬，则谓子结枝上，犹衬垫也。"施说有见。末两句意义嫌晦，大概是说丁香可制为香料，与兰麝同一归宿，未可视为粉身碎骨之厄。仇注认为是寓意"身名隳于脱节"，《杜臆》亦谓"公之咏物，俱有为而发，非就物赋物者。……丁香体虽柔弱，气却馨香，终与兰麝为偶，虽粉身甘之，此守死善道者"，似皆失之迂。

丁香结就是丁香蕾，形如钉，长三四分，故云丁香。北地俗人以为"丁""钉"同音，出出入入地碰钉子，不吉利，所以正院堂前很少种丁香，只合"深栽小斋后"了。二十四年春，我在北平寓所西跨院里种了四棵紫丁香。"白菡萏香，紫丁香肥。"丁香要紫的。起初只有三四尺高，十年后重来旧居，四棵高大的丁香打成一片，一半翻过了墙垂到邻家，一半斜坠下来挡住了我从卧室走到书房的路。这跨院是我的小天地，除了一条铺砖的路和一个石几两个石墩，本来别无长物，如今三分之二的空间付与了丁香。春暖花开的时候招蜂引蝶，满院香气四溢，尽是嘤嘤嗡嗡之声。又隔三十年，现在丁香如果无恙，不知谁是赏花人了。

八、兰

兰花品种繁多。所谓洋兰（卡特丽亚），顾名思义是外国来的品种，尽管花朵大，色彩鲜艳，我总觉得我们应该视如外宾，不但不可亵玩，而且不耐长久观赏。我们看一朵花，还要顾及它在我们文化历史上的渊源，这样才能引起较深的情愫。看花要如遇故人，多少旧事一齐兜上心来。在台湾，洋兰却大得其道，花展中姹紫嫣红大半是洋兰的天下，态浓意远的丽人出入“贵宾室”中，衣襟上佩戴的也多半是洋兰。我喜欢品赏的是我们中国的兰。

我是北方人，小时不曾见过兰。只从芥子园画谱上学得东一撇西一撇地画成为一个凤眼，然后再加一笔破凤眼。稍长，友人从福建捧着一盆兰花到北平，不但真的是捧着，而且给兰花特制一个木条笼子，避免沿途磕碰。我这才真个地见到了兰，素心兰。这个名字就雅，令人想起陶诗的句子：“闻多素心人，乐与数晨夕。”花心是素的，花瓣也是素的，素白之中微泛一点绿意。面对素心兰，不禁联想到“弱不好弄，长实素心”的高士。兰的香味不是馥郁，是若有若无的缕缕幽香。讲到品格，兰的地位极高。我们常说“桂馥兰熏”，其实桂香太甜太浓，尚不能与兰相比。

来到台湾，我大开眼界。友人中颇有几位善于艺兰，所以我的窗前几上，有时候叨光也居然兰蕊驰馨。尝有客款扉，足尚未入户，就大叫起来：“君家有素心兰耶？”这位朋友也是素心人，我后来给他送去一盆素心兰。我所有的几盆兰，不数年分植为数十盆，乃于后院墙角搭起一丈见方的小棚，用疏隔的竹篾遮覆以避骄阳直晒，竹篾上面加铺玻璃以防淫雨，因此还招致了“违章建筑”的罪名，几乎被报请拆除。竹篾上的玻璃引起了墙外行人的注意，不久就有半大不小的各色人物用砖石投掷，大概是因为玻璃破碎之声清脆悦耳之故。小棚因此没有能持久，跟着我的数十盆兰花也渐渐地支离破碎了。和我望衡对宇的是胡伟克先生，我发现他家里廊上、阶前、墙头、树下，到处都是兰花，大部分是洋兰，素心兰也有，而且他有一间宽大的温室，里面也堆满了兰花。胡先生有一个工作台子，上面放着显微镜，他用科学方法为兰花品种做新的交配，使兰花长得更肥，色泽更为鲜艳多姿。他的兰花在千盆以上。我听他的夫人抱怨：“为了这些劳什子，我的手指都磨粗了。”我经常看见一车一车地盛开的兰花从他门前运走。他的家不仅是芝兰之室，真是芝兰工厂。

兰本来是来自山间，有苔藓覆根，雨露滋润，不需要什么肥料。移在盆里，他所需要的也只是适量的空气和水，盆里不可用普通的泥土，最好是用木炭、烧过的黏土、缸瓦碎片的三种混合物，取其通空气而易排水。也有人主张用砂、桂圆树皮、蛇木屑、木炭、碎石子混拌，然后每隔三个月用$(NH_4)_2SO_4$+KCE液羼水喷洒一次。叶子上生虫也需勤加拂拭。总之，兰来自幽谷，在案头供养是不大自然的，要小心伺候了。

九、菊

花事至菊而尽，故曰蘜，蘜是菊之本字。蘜者，尽也。“兰有秀兮菊有芳，怀佳人兮不能忘。”这是汉武帝看着时光流转，自春徂秋，由花事如锦到花事阑珊，借着秋风而发的歌咏。菊和九月的关系密切，故九月被称为菊月，或称为菊秋，重阳日或径称为菊节。是日也，饮菊花茶，设菊花宴，还可以准备睡菊花枕，百病不生，平素饮菊潭水，可以长生到一百多岁。没有一种花比菊花和人的关系打得更火热。

自从陶渊明“采菊东篱下”之后，菊就代表一种清高的风格，生长在篱笆旁边，自然也就带着几分野趣。吕东莱的句子“短篱残菊一枝黄，正是乱山深处过重阳”，是很好的写照。经人工加以培养，菊好像是变了质。宋《乾淳岁时记》:“禁中例，于八日作重九，排当于庆瑞殿，分列万菊，灿然眩眼，且点菊灯，略如元夕。”这是在殿堂之上开菊展，当然又是一种情况。

菊是多年生草本，摘下幼枝插在土里就活。曩昔在北平家园中，一年之内曾繁殖数十盆，竟以秽恶之粪土培养之，深觉戚戚然于心未安。幼苗长大之后，枝弱不能挺立，则树细竹竿或秸秫以为支撑，并标以红纸签，写上“绿云”“紫玉”“蟹爪”“小白梨”……奇奇怪怪的名称。一盆一盆地放在“兔儿爷摊子”上（一排比一排高的梯形架），看上去一片花朵，闹则闹矣，但是哪能令人想到一丝一毫的“元亮遗风”？

台湾艺菊之风很盛，但是似乎不取其清瘦，而爱其痴肥。每一盆菊都修剪成独花孤挺，叶子的正面反面经常喷药，讲究从根到顶每片叶子都是肥大绿光，顶上的一朵花盛开时直像是特大的馒头一个，胖胖大大的，需要铁丝做盘撑托着它。千篇一律，朵朵如此，当然是很富态相。“帘卷西风，人比黄花瘦”，那时的黄花，一定不像如今的这样肥。

十、玫瑰

玫瑰，属蔷薇科。唐朝有一位徐夤，作过一首咏玫瑰的诗：

芳菲移自越王台，最似蔷薇好并栽。
秾艳尽怜胜彩绘，嘉名谁赠作玫瑰？
春城锦绣风吹折，天染琼瑶日照开。
为报朱衣早邀客，莫教零落委苍苔。

诗不见佳，但是让我们知道在唐朝玫瑰即已成了吟咏的对象。《群芳谱》说：“花亦类蔷薇，色淡紫，青橐黄蕊，瓣末白，娇艳芬馥，有香有色，堪入茶、入酒、入蜜。”这玫瑰，是我们固有品种的玫瑰，花朵小，红得发紫，香味特浓。可以熏茶，可以调酒（玫瑰露），可以做蜜汁（玫瑰木樨）。娇小玲珑，惹人怜爱。玫瑰多刺，被人视若蛇蝎，其实玫瑰何辜，他本不预备供人采摘。“三十客”列玫瑰为“刺客”，也是冤枉的。

外国的蔷薇品种不一，亦统称为玫瑰。常见有高至五六尺以上者，俨然成一小树，花朵肥大，除了深绯浅红者，还有黄色的，别有风致。也有蔓生的一种，沿着篱笆墙壁伸展，可达一二丈外，白色的尤为盛旺。我有朋友蛰居台中，莳花自遣，曾贻我海外优良品种之玫瑰数本，我悉心培护，施以舶来之“玫瑰食粮”，果然绰约妩媚、不同凡响，不过气候土壤皆不相宜，越年逐渐凋萎。园林有玫瑰专家，我曾专程探访，畦圃广阔，洋洋大观，唯几乎全是外来品种，绚烂有余，韵味不足。求其能入茶、入酒、入蜜者，竟不可得，乃废然返。

闲，要有滋味；忙，要有价值。

人在有闲的时候才最像是一个人。

第三章 人人能有闲暇

闲暇

我们应该希望人人都能属于“有闲阶级”。

英国十八世纪的笛孚[1]，以《鲁滨孙漂流记》一书闻名于世，其实他写小说是在近六十岁才开始的，他以前的几十年写作差不多全是以新闻记者的身份所写的散文。最早的一本书，一六九七年刊行的《设计杂谈》(*An Essay upon Projects*)是一部逸趣横生的奇书，我现在不预备介绍此书的内容，我只要引其中的一句话：“人乃上帝所创造的最不善于谋生的动物；没有别的一种动物曾经饿死过；外界的大自然给他们预备了衣与食；内心的自然本性给他们安

〔1〕 Danirl Defoe，1660—1731，英国小说家。《辞海》收录为笛福。——编者注

设了一种本能，永远会指导他们设法谋取衣食；但是人必须工作，否则就挨饿，必须做奴役，否则就得死；他固然是有理性指导他，很少人服从理性指导而沦于这样不幸的状态；但是一个人年轻时犯了错误，以致后来颠沛困苦，没有钱，没有朋友，没有健康，他只好死于沟壑，或是死于一个更恶劣的地方——医院。”这一段话，不可以就表面字义上去了解，须知笛孚是一位“反语”大师，他惯说反话。人为万物之灵，谁不知道？事实上，在自然界里一大批一大批饿死的是禽兽，不是人。人要适合于理性地生活，要改善生活状态，所以才要工作。笛孚本人是工作极为勤奋的人，他办刊物、写文章、做生意，从军又服官，一生忙个不停。就是在这本《设计杂谈》里，他也提出了许多高瞻远瞩的计划，像预言一般，后来都一一实现了。

人辛勤困苦地工作，所为何来？夙兴夜寐，胼手胝足，如果纯是为了温饱像蚂蚁、蜜蜂一样，那又何贵乎做人？想起罗马的皇帝玛可斯奥瑞利阿斯[1]的一段话：

在天亮的时候，如果你懒得起床，要随时作如

〔1〕即马克·奥勒留。——编者注

是想:“我要起来,去做一个人的工作。”我生来就是为了做那工作的,我来到世间就是为了做那工作的,那么现在就去做那工作又有什么可怨的呢?我既是为了这工作而生的,那么我应该蜷卧在被窝里取暖么?“被窝里较为舒适呀。”那么你是生来为了享乐的吗?简言之,我且问汝,你是被动的还是主动的要有所作为?试想每一株小的植物,每一只小鸟、蚂蚁、蜘蛛、蜜蜂,它们是如何勤于操作,如何的克尽厥职,以组成一个有秩序的宇宙。那么你可以拒绝去做一个人的工作吗?自然命令你做的事还不赶快地去做么?“但是一些休息也是必要的呀。”这我不否认。但是根据自然之道,这也要有个限制,犹如饮食一般。你已经超过限制了,你已经超过足够的限量了。但是讲到工作你却不如此了,多做一点你也不肯。

这一段策励自己勉力工作的话,足以发人深省,其中“以组成一个有秩序的宇宙”一语至堪玩味,使我们不能不想起古罗马的文明秩序是建立在奴隶制度之上的。有劳苦大众在那里辛勤地操作,解决了大家的生活问题,然后少数的上层社会人士才有闲暇去做“人的工作”。大多数人是蚂蚁、蜜蜂，少数人是人。做“人的工作”需要有闲暇。所谓“闲暇”，不是饱食终日无所用心之谓，是免于蚂蚁、蜜蜂般的工作之谓。养尊处优，嬉遨惰慢，那是蚂蚁、蜜蜂之不如，还能算人！靠了逢迎当道，甚至为虎作伥，而猎取一官半职或是分享一些残羹剩炙，那是帮闲或是帮凶，都不是人的工作。奥瑞利阿斯推崇工作之必要，话是不错，但勤于操作亦应有个限度，不能像蚂蚁、蜜蜂那样工作。劳动是必需的，但劳动不应该是终极的目标。而且劳动亦不应该由一部分人负担而令另一部分人坐享其成果。

人类的最高理想应该是人人能有闲暇，于必须的工作之余还能有闲暇去做人，有闲暇去做人的工作，去享受人的生活。我们应该希望人人都能属于“有闲阶级”。有闲阶级如能普及于全人类，那便不复是罪恶。人在有闲的时候才最像是一个人。手脚相当闲，头脑才能相当地忙起来。我们并不向往六朝人那样萧然若神仙的样子，我们却企盼人人都能有闲去发展他的智慧与才能。

旅行

旅行是享受清福的时候，但是也还想拉上个伴。

我们中国人是最怕旅行的一个民族。闹饥荒的时候都不肯轻易逃荒，宁愿在家乡吃青草、啃树皮、吞观音土，生怕离乡背井之后，在旅行中流为饿莩，失掉最后的权益——寿终正寝。至于席丰履厚的人更不愿轻举妄动，墙上挂一张图画，看看就可以当“卧游”，所谓“一动不如一静”。说穿了，“太阳下没有新鲜事物”。号称山川形胜，还不是几堆石头一汪子水？我记得做小学生的时候，郊外踏青，是一桩让人心跳加速的事，多早就筹备，起个大早，排成队伍，擎着校旗，鼓乐前导，事后下星期还得作一篇《远足记》，才算功德圆满。旅行一次是如此庄严！

我的外祖母，一生住在杭州城内，八十多岁，没有逛过一次西湖，最后总算去了一次，但是自己不能行走，抬到了西湖，就没有再回来——葬在湖边山上。

古人云：“一生能着几两屐？”这是劝人及时行乐，莫怕多费几双鞋。但是旅行果然是一桩乐事吗？其中是否含着苦恼的成分呢？

出门要带行李，那一个几十斤重的五花大绑的铺盖卷儿便是旅行者的第一道难关。要捆得紧，要捆得俏，要四四方方，要见棱见角，与稀松露馅的大包袱要迥异其趣，这就已经不是一个手无缚鸡之力的人所能胜任的了。关卡上偏有好奇人要打开看看，看完之后便很难得再复原。“乘兴而来，兴尽而返。”很多人在打完铺盖卷儿之后就觉得游兴已尽了。在某些国度里，旅行是不需要携带铺盖的，好像凡是有床的地方就有被褥，有被褥的地方就有随时洗换的被单，旅客可以无牵无挂，不必像蜗牛似的顶着安身的家伙走路。携带铺盖究竟还容易办得到，但是没听说过带着床旅行的，天下的床很少没有臭虫设备的。我很怀疑一个人于整夜“输血”之后，第二天还有多少精神游山逛水。我有一个朋友发明了一种服装，按着他的头躯四肢的尺寸做了一件天衣无缝的睡衣，人钻在睡衣里面，只留眼前两个窟窿，和外界完全隔绝，只是那样子有些像是KKK，夜晚出来曾经几乎吓死一个人！

原始的交通工具，并不足为旅客之苦。我觉得“滑竿”“架子车”都比飞机有趣。“御风而行，泠然善也”，那是神仙生涯。在尘世旅行，还是以脚能着地为原则。我们要看看朵朵白云，但并不想在云隙里钻出钻进；我们要“横看成岭侧成峰，远近高低各不同”，但并不想把世界缩小成假山石一般玩物似的欣赏。我惋惜弥尔顿所称述的中土有“挂帆之车”尚不曾坐过。交通工具之原始不是病，病在于舟车之不易得，车夫舟子之不易缠，“衣帽自看”固不待言，还要提防青纱帐起。刘伶“死便埋我”，也不是准备横死。

旅行虽然夹杂着苦恼，究竟有很大的乐趣在。旅行是一种逃避，逃避人间的丑恶。“大隐藏人海”，我们不是大隐，在人海里藏不住。岂但人海里安不得身？在家园也不容易遁迹。成年地圈在四合房里，不必仰屋就要兴叹；成年地看着家里的那一张脸，不必牛衣也要对泣。家里面所能看见的那一块青天，只有那么一大块。取之不尽用之不竭的清风明月，在家里都不能充分享用，要放风筝需要举着竹竿爬上房脊，要看日升月落需要左右邻居没有遮拦。走在街上，熙熙攘攘，磕头碰脑的不是人面兽，就是可怜虫。在这种情形之下，我们虽无勇气披发入山，至少为什么不带着一把牙刷捆起铺盖出去旅行几天呢？在旅行中，少不了风吹雨打，然后倦飞知还，觉得“在家千日好，出门一时难”。这样便可以把那不可容忍的家变成了暂时可以容忍的了。下次忍耐不住的时候，再出去旅行一次。如此折腾几回，这一生也就差不多了。

旅行中没有不感觉枯寂的，枯寂也是一种趣味。哈兹利特（Hazlitt）主张在旅行时不要伴侣，因为："如果你说路那边的一片豆田有股香味，你的伴侣也许闻不见。如果你指着远处的一件东西，你的伴侣也许是近视的，还得戴上眼镜看。"一个不合意的伴侣，当然是累赘。但是人是种奇怪的动物，人太多了嫌闹，没人陪着嫌闷。耳边嘈杂怕吵，整天咕嘟着嘴又怕口臭。旅行是享受清福的时候，但是也还想拉上个伴。只有神仙和野兽才受得住孤独。

在社会里，我们觉得面目可憎、语言无味的人居多，避之唯恐或晚，在大自然里，又觉得人与人之间是亲切的。到美国落基山上旅行过的人告诉我，在山上若是遇见另一个旅客，不分男女老幼，一律脱帽招呼，寒暄一两句，还是很有意味的一个习惯。大概只有在旷野里我们才容易感觉到人与人是属于一门一类的动物，平常我们太注意人与人的差别了。

真正理想的伴侣是不易得的。客厅里的好朋友不见得即是旅行的好伴侣。理想的伴侣须具备许多条件，不能太脏，如嵇叔夜“头面常一月十五日不洗，不太闷痒不能沐”，也不能有洁癖，什么东西都要用火酒揩；不能如泥塑木雕，如死鱼之不张嘴，也不能终日喋喋不休，整夜鼾声不已；不能油头滑脑，也不能蠢头呆脑，要有说有笑，有动有静，静时能一声不响地陪着你看行云，听夜雨，动时能在草地上打滚像一条活鱼！这样的伴侣哪里去找？

饮酒

酒不能解忧，只是令人在由兴奋到麻醉的过程中暂时忘怀一切。

酒实在很妙。几杯落肚之后就会觉得飘飘然、醺醺然。平素道貌岸然的人，也会绽出笑脸；一向沉默寡言的人，也会议论风生。再灌下几杯之后，所有的苦闷烦恼全都忘了，酒酣耳热，只觉得意气飞扬，不可一世，若不及时知止，可就难免玉山颓欹，剔吐纵横，甚至撒疯骂座，以及种种的酒失、酒过全部地呈现出来。莎士比亚的《暴风雨》里的卡力班，那个象征原始人的怪物，初尝酒味，觉得妙不可言，以为把酒给他喝的那个人是自天而降，以为酒是甘露琼浆，不是人间所有物。美洲印第安人初与白人接触，就是被酒所倾倒，往往不惜举土地界人以换一些酒浆。印第安人的衰灭，至少一部分是由于他们的荒腆于酒。

我们中国人饮酒，历史久远。发明酒者，一说是仪逖，又说是杜康。仪逖夏朝人，杜康周朝人，相距很远，总之是无可稽考。也许制酿的原料不同、方法不同，所以仪逖的酒未必就是杜康的酒。《尚书》有《酒诰》之篇，谆谆以酒为戒，一再地说“祀兹酒”（停止这样的喝酒），“无彝酒”（勿常饮酒），想见古人饮酒早已相习成风，而且到了“大乱丧德”的地步。三代以上的事多不可考，不过从汉起就有酒榷之说，以后各代因之，都是课税以裕国帑，并没有寓禁于征的意思。酒很难禁绝，美国一九二〇年起实施酒禁，雷厉风行，依然到处都有酒喝。当时笔者刚去纽约，有一天友人邀我食于某中国餐馆，入门直趋后室，索五加皮，开怀畅饮。忽警察闯入，友人止予勿惊。这位警察徐徐就座，解手枪，锵然置于桌上，索五加皮独酌，不久即伏案酣睡。一九三三年酒禁废，真如一场儿戏。民之所好，非政令所能强制。在我们中国，汉萧何造律：“三人以上无故群饮，罚金四两。”此律不曾彻底实行。事实上，酒楼妓馆处处笙歌，无时不飞觞醉月。文人雅士水边修禊，山上登高，一向离不开酒。名士风流，以为持螯把酒，便足了一生，甚至于酣饮无度，扬言“死便埋我”，好像大量饮酒不是什么不很体面的事，真所谓“酗于酒德”。

对于酒，我有过多年的体验。第一次醉是在六岁的时候，侍先君饭于致美斋（北平煤市街路西）楼上雅座，窗外有一棵不知名的大叶树，随时簌簌作响。连喝几盅之后，微有醉意，先君禁我再喝，我一声不响地站立在椅子上舀了一匙高汤，泼在他的一件两截衫上。随后我就倒在旁边的小木炕上呼呼大睡，回家之后才醒。我的父母都喜欢酒，所以我一直都有喝酒的机会。“酒有别肠，不必长大”，语见《十国春秋》，意思是说酒量的大小与身体的大小不必成正比例，壮健者未必能饮，瘦小者也许能鲸吸。我小时候就是瘦弱如一根绿豆芽。酒量是可以慢慢磨炼出来的，不过有其极限。我的酒量不大，我也没有亲见过一般人所艳称的那种所谓海量。古代传说“文王饮酒千钟，孔子百觚”，王充《论衡·语增篇》就对此大加驳斥，他说：“文王之身如防风之君，孔子之体如长狄之人，乃能堪之。”且“文王孔子率礼之人也”，何至于醉酗乱身？就我孤陋的见闻所及，无论是“青州从事”或“平原督邮”，大抵白酒一斤或黄酒三五斤即足以令任何人头昏目眩、黏牙倒齿。唯酒无量，以不及于乱为度，看各人自制力如何耳。不为酒困，便是高手。

酒不能解忧，只是令人在由兴奋到麻醉的过程中暂时忘怀一切，即刘伶所谓“无息无虑，其乐陶陶”。可是酒醒之后，所谓“忧心如酲”，那份病酒的滋味很不好受，所付代价也不算小。我在青岛居住的时候，那地方背山面海，风景如绘，在很多人心目中是最理想的卜居之所，唯一缺憾是很少文化背景，没有古迹耐人寻味，也没有适当的娱乐。看山观海，久了也会腻烦，于是呼朋聚饮，三日一小饮，五日一大宴，豁拳行令，三十斤花雕一坛，一夕而罄。七名酒徒加上一位女史，正好八仙之数，乃自命为酒中八仙。有时且结伙远征，近则济南，远则南京、北京，不自谦抑，狂言“酒压胶济一带，拳打南北二京”，高自期许，俨然豪气干云的样子。当时作践了身体，这笔账日后要算。一日，胡适之先生过青岛小憩，在宴席上看到八仙过海的盛况大吃一惊，急忙取出他太太给他的一个金戒指，上面镌有“戒”字，戴在手上，表示免战。过后不久，胡先生就写信给我说：“看你们喝酒的样子，就知道青岛不宜久居，还是到北京来吧！”我就到北京去了。现在回想当年酗酒，哪里算得是勇，简直是狂。

酒能削弱人的自制力，所以有人酒后狂笑不止，也有人痛哭不已，更有人口吐洋语滔滔不绝，也许会把平素不敢告人之事吐露一二，甚至把别人的阴私也当众抖搂出来。最令人难堪的是强人饮酒，或单挑，或围剿，或投下井之石，千方万计要把别人灌醉，有人诉诸武力，捏着人家的鼻子灌酒！这也许是人类长久压抑下的一部分兽性之发泄，企图获取胜利的满足，比拿起石棒给人迎头一击要文明一些而已。那咄咄逼人的声嘶力竭的豁拳，在赢拳的时候，那一声拖长了的绝叫，也是表示内心的一种满足。在别处得不到满足，就让他们在聚饮的时候如愿以偿吧！只是这种闹饮，以在有隔音设备的房间里举行为宜，免得侵扰他人。

《菜根谭》所谓“花看半开，酒饮微醺”的趣味，才是最令人低回的境界。

下棋

人总是要斗的，总是要钩心斗角和人争逐的。

有一种人我最不喜欢和他下棋，那便是太有涵养的人。杀死他一大块，或是抽了他一个车，他神色自若，不动火，不生气，好像是无关痛痒，使你觉得索然寡味。君子无所争，下棋却是要争的。当你给对方一个严重威胁的时候，对方的头上青筋暴露，黄豆般的汗珠一颗颗地在额上陈列出来，或哭丧着脸作惨笑，或咕嘟着嘴作吃屎状，或抓耳挠腮，或大叫一声，或长吁短叹，或自怨自艾口中念念有词，或一串串地噎嗝打个不休，或红头涨脸如关公，种种现象，不一而足。这时节你“行有余力”，便可以点起一支烟，或啜一碗茶，静静地欣赏对方的苦闷的象征。我想猎人追逐一只野兔的时候，其愉快大概略相仿佛。因此我悟出一点道理，和人下棋的时候，如果有机会使对方受窘，当然无所不用其极，如果被对方所窘，便努力作出不介意状，因为既然不能积极地给对方以苦痛，只好消极地减少对方的乐趣。

自古博弈并称，全是属于赌的一类，而且只是比“饱食终日无所用心”略胜一筹而已。不过弈虽小术，亦可以观人。相传有慢性人，见对方走当头炮，便左思右想，不知是跳左边的马好，还是跳右边的马好，想了半个钟头而迟迟不决，急得对方只好拱手认输。是有这样的慢性人，每一着都要考虑，而且是加慢的考虑。我常想这种人如加入龟兔竞赛，也必定可以获胜。也有性急的人，下棋如赛跑，噼噼啪啪，草草了事，这仍旧是饱食终日无所用心的一贯作风。下棋不能无争，争的范围有大有小，有斤斤计较而因小失大者，有不拘小节而眼观全局者，有短兵相接作生死斗者，有各自为战而旗鼓相当者，有赶尽杀绝一步不让者，有好勇斗狠同归于尽者，有一面下棋一面诮骂者，但最不幸的是争的范围超出了棋盘而拳足交加。有下象棋者，久而无声音，排闼视之，阒不见人，原来他们在门后角里扭作一团，一个人骑在另一个人的身上，在他的口里挖车呢。被挖者不敢出声，出声则口张，口张则车被挖回，挖回则必悔棋，悔棋则不得胜，这种认真的态度憨得可爱。我曾见过二人手谈，起先是坐着，神情潇洒，望之如神仙中人，俄而棋势吃紧，两人都站起来了，剑拔弩张，如斗鹌鹑，最后到了生死关头，两个人跳到桌上去了！

笠翁《闲情偶寄》说弈棋不如观棋，因观者无得失心。观棋是有趣的事，如看斗牛、斗鸡、斗蟋蟀一般。但是观棋也有难过处，观棋不语是一种痛苦。喉间硬是痒得出奇，思一吐为快。看见一个人要入陷阱而不作声是几乎不可能的事。如果说得中肯，其中一个人要厌恨你，暗暗地骂一声“多嘴驴！”另一个人也不感激你，心想“难道我还不晓得这样走！”如果说得不中肯，两个人要一齐嗤之以鼻，“无见识奴！”如果根本不说，憋在心里，受病。所以有人于挨了一个耳光之后还要抚着热辣辣的嘴巴大呼：“要抽车，要抽车！”

下棋只是为了消遣，其所以能使这样多人嗜此不疲者，是因为它颇合人类好斗的本能，这是一种“斗智不斗力”的游戏。所以瓜棚豆架之下，与世无争的村夫野老不免一枰相对，消此永昼；闹市茶寮之中，常有有闲阶级的人士下棋消遣，“不为无益之事，何以遣此有涯之生？”宦海里翻过身最后退隐东山的大人、先生们，髀肉复生而英雄无用武之地，也只好闲来对弈，了此残生。下棋全是“剩余精力”的发泄。人总是要斗的，总是要钩心斗角和人争逐的。与其和人争权夺利，还不如在棋盘上多占几个官；与其招摇撞骗，还不如在棋盘上抽上一车。宋人笔记曾载有一段故事：“李讷仆射，性卞急，酷尚弈棋，每下子安详，极于宽缓。往往躁怒作，家人辈则密以弈具陈于前。讷睹，便忻然改容，以取其子布弄，都忘其恚矣。”（《南部新书》）下棋，有没有这样陶冶性情之功，我不敢说，不过有人下起棋来确实是把性命都可置之度外。我有两个朋友下棋，警报作，不动声色。俄而弹落，棋子被震得在盘上跳荡，屋瓦乱飞。其中一位棋瘾较小者变色而起，被对方一把拉住：“你走！那就算是你输了。”此公深得棋中之趣。

早起

这是一个活的世界，这是一个人的世界，这是生活！

曾文正公说：“做人从早起起。”因为这是每人每日所做的第一件事。这一桩事若办不到，其余的也就可想。记得从前俞平伯先生有两行名诗：“被窝暖暖的，人儿远远的……”在这“暖暖……远远……”的情形之下，毅然决然地从被窝里窜出来，尤其是在北方那样寒冷的天气，实在是不容易。唯以其不容易，所以那个举动被称为开始做人的第一件事。假在被窝里不出来，那便是在做人的道上第一回败绩。

历史上若干嘉言懿行，也有不少是标榜早起的。例如，《颜氏家训》里便有“黎明即起”的句子。至少我们不会听说哪一个人为了早晨晏起而受到人的赞美。祖逖闻鸡起舞的故事是众所熟知的，但是我们不要忘了祖逖是志士，他所闻的鸡不是我们在天将破晓时听见的鸡啼，而是“中夜闻荒鸡鸣”。中夜起舞之后是否还回去再睡，史无明文，我想大概是不再回去睡了。黑茫茫的后半夜，舞完了之后还做什么，实在是不可想象的事。前清文武大臣上朝，也是半夜三更地进东华门，打着灯笼进去，不知是不是因为皇帝有特别喜欢起早的习惯。

西谚亦云：“早出来的鸟能捉到虫儿吃。”似乎是晚出来的鸟便没得虫儿吃了。我们人早起可有什么好处呢？我个人是从小就喜欢早起的，可是也说不出有什么特别的好处，只是我个人的习惯而已。我觉得这是一个好习惯，可是并不说有这好习惯的人即是好人，因为这习惯虽好，究竟在做人的道理上还是比较小的一桩事。所以像韩复榘在山东省做主席时强迫省府人员清晨五时集合在大操场里跑步，我并不敢恭维。

我小时候上学，躺在炕上一睁眼看见窗户上最高的一格有了太阳光，便要急得哭啼，我的母亲匆匆忙忙给我梳了小辫儿打发我去上学。我们的学校就在我们的胡同里。往往出门之后不久又眼泪扑簌地回来，母亲问道：“怎么回来了？”我低着头嗫嗫地回答：“学校还没有开门哩！”这是五十多年前的事了，我现在想想，还是不知道为什么要那样性急。到如今，凡是开会或宴会之类，我还是很少迟到的。我觉得迟到是很可耻的一件事。但是我的心胸之不够开展，容不得一点事，于此也就可见一斑。

有人晚上不睡，早晨不起。他说这是“焚膏油以继晷”。我想，“焚膏油”则有之，日晷则在被窝里糟蹋不少。他说夜里万籁俱寂，没有搅扰，最宜工作，这话也许是有道理的。我想晚上早睡两个钟头，早上早起两个钟头，还是一样的，因为早晨也是很宜于工作的。我记得我翻译《阿伯拉与哀绿绮思的情书》的时候，就是趁太阳没出的时候搬竹椅在廊檐下动笔，等到太阳晒满半个院子，人声嘈杂，我便收笔，这样在一个月内译成了那本书，至今回忆起来还是愉快的。我在上海住几年，黎明即起，弄堂里到处是哗剌哗剌的刷马桶的声音，满街的秽水四溢，到处看得见横七竖八露宿的人——这种苦恼是高枕而眠到日上三竿的人所没有的。有些个城市，居然到九十点钟而街上还没有什么动静，家家户户都门窗紧闭，行经其地如过废墟，我这时候只有暗暗地祝福那些睡得香甜的人，我不知道他们昨夜做了什么事，以至今天这样晚还不能起来。

我如今年事稍长，好早起的习惯更不易抛弃。醒来听见鸟啭，一天都是快活的。走到街上，看见草上的露珠还没有干，砖缝里被蚯蚓倒出一堆一堆的沙土，男的女的担着新鲜肥美的菜蔬走进城来，马路上有戴草帽的老朽的女清道夫，还有无数的青年男女穿着熨平的布衣，精神抖擞地携带着“便当”骑着脚踏车去上班——这时候我衷心充满了喜悦！这是一个活的世界，这是一个人的世界，这是生活！

就是学佛的人也讲究“早参”“晚参”。要此心常常摄持。曾文正公说做人从早起起，也是着眼在那一转念之间，是否能振作精神，让此心做得主宰。其实早起晚起本身倒没有什么了不得的利弊，如是而已。

喝茶

喝茶，喝好茶，往事如烟。

我不善品茶，不通茶经，更不懂什么茶道，从无两腋之下习习生风的经验。但是，数十年来，喝过不少茶，北平的双窨、天津的大叶、西湖的龙井、六安的瓜片、四川的沱茶、云南的普洱、洞庭湖的君山茶、武夷山的岩茶，甚至不登大雅之堂的茶叶梗与满天星随壶净的高末儿，都尝试过。茶是我们中国人的饮料，口干解渴，唯茶是尚。茶字，形近于荼，声近于槚，来源甚古，流传海外，凡是有中国人的地方就有茶。人无贵贱，谁都有份，上焉者细啜名种，下焉者牛饮茶汤，甚至路边埂畔还有人奉茶。北人早起，路上相逢，辄问讯：“喝茶未？”茶是开门七件事之一，乃人生必需品。

孩提时，屋里有一把大茶壶，坐在一个有棉衬垫的藤箱里，相当保温，要喝茶自己斟。我们用的是绿豆碗，这种碗大号的是饭碗，小号的是茶碗，做绿豆色，粗糙耐用，当然和宋瓷不能比，和江西瓷不能比，和洋瓷也不能比，可是有一股朴实厚重的风貌，现在这种碗早已绝迹，我很怀念。这种碗打破了不值几文钱，脑勺子上也不至于挨巴掌。银托白瓷小盖碗是祖父母专用的，我们看着并不羡慕。看那小小的一盏，两口就喝光，泡两三回就得换茶叶，多麻烦。如今盖碗很少见了，除非是到故宫博物院拜会蒋院长，他那大客厅里总是会端出盖碗茶敬客。再不就是在电视剧中也常看见有盖碗茶，可是演员一手执盖一手执碗缩着脖子啜茶那副狼狈相，令人发噱，因为他不知道喝盖碗茶应该是怎样的喝法。他平素自己喝茶大概一直是用玻璃杯、保温杯之类。如今，我们此地见到的盖碗，多半是近年来本地制造的“万寿无疆”的那种样式，瓷厚了一些；日本制的盖碗，样式微有不同，总觉得有些怪怪的。近有人回大陆，顺便探视我的旧居，带来我三十多年前天天使用的一只瓷盖碗。原是十二件，只剩此一件了，碗沿还有一点磕损，睹此旧物，勾起往日的心情，不禁黯然。盖碗究竟是最好的茶具。

茶叶品种繁多，各有擅场。有友来自徽州，同学清华，徽州产茶胜地，但是他看到我用一撮茶叶放在壶里沏茶，表示惊讶，因为他只知道茶叶是烘干打包捆载上船，沿江运到沪杭求售，剩下来的茶梗才是家人饮用之物。恰如北人所谓“卖席的睡凉炕”。我平素喝茶，不是香片就是龙井，多次到大栅栏东鸿记或西鸿记去买茶叶，在柜台前面一站，徒弟搬来凳子让坐，看伙计称茶叶，分成若干小包，包得见棱见角，那份手艺只有药铺伙计可以媲美。茉莉花窨过的茶叶，临卖的时候再抓一把鲜茉莉花放在表面上，所以叫作双窨。于是茶店里经常是茶香花香，郁郁菲菲。父执有名玉贵者，旗人，精于饮馔，居恒以一半香片一半龙井混合沏之，有香片之浓馥，兼龙井之苦清。吾家效而行之，无不称善。茶以人名，乃径呼此茶为“玉贵”，私家秘传，外人无由得知。

其实，清茶最为风雅。抗战前造访知堂老人于苦茶庵，主客相对总是有清茶一盅，淡淡的、涩涩的、绿绿的。我曾屡侍先君游西子湖，从不忘记品尝当地的龙井，不需要攀登南高峰风篁岭，近处平湖秋月就有上好的龙井茶，开水现冲，风味绝佳。茶后进藕粉一碗，四美具矣。正是“穿牖而来，夏日清风冬日日；卷帘相见，前山明月后山山”（骆成骧联）。有朋自六安来，贻我瓜片少许，叶大而绿，饮之有荒野的气息扑鼻。其中西瓜茶一种，真有西瓜风味。我曾过洞庭，舟泊岳阳楼下，购得君山茶一盒。沸水沏之，每片茶叶均如针状直立漂浮，良久始舒展下沉，味品清香不俗。

初来台湾，粗茶淡饭，颇想倾阮囊之所有在饮茶一端偶作豪华之享受。一日过某茶店，索上好龙井，店主将我上下打量，取八元一斤之茶叶以应，余示不满，乃更以十二元者奉上，余仍不满，店主勃然色变，厉声曰：“买东西，看货色，不能专以价钱定上下。提高价格，自欺欺人耳！先生奈何不察？”我爱其憨直。现在此茶店门庭若市，已成为业中之翘楚。此后我饮茶，但论品味，不问价钱。

茶之以浓酽胜者莫过于工夫茶。《潮嘉风月记》说工夫茶要细炭初沸连壶带碗泼浇，斟而细呷之，气味芳烈，较嚼梅花更为清绝。我没嚼过梅花，不过我旅居青岛时有一位潮州澄海朋友，每次聚饮酩酊，辄相偕走访一潮州帮巨商于其店肆。肆后有密室，烟具、茶具均极考究，小壶、小盅有如玩具。更有娈婉丱童伺候煮茶、烧烟，因此经常饱吃工夫茶，诸如铁观音、大红袍，吃了之后还携带几匣回家。不知是否故弄玄虚，谓炉火与茶具相距以七步为度，沸水之温度方合标准。举小盅而饮之，若饮罢径自返盅于盘，则主人不悦，须举盅至鼻头猛嗅两下。这茶最有解酒之功，如嚼橄榄，舌根微涩，数巡之后，好像是越喝越渴，欲罢不能。喝工夫茶，要有工夫，细呷细品，要有设备，要人服侍，如今乱糟糟的社会里谁有那么多的工夫？红泥小火炉哪里去找？伺候茶汤的人更无论矣。普洱茶，漆黑一团，据说也有绿色者，泡烹出来黑不溜秋，粤人喜之。在北平，我只在正阳楼看人吃烤肉，吃得口滑肚子膨脝不得动弹，才高呼堂倌泡普洱茶。四川的沱茶亦不恶，唯一般茶馆应市者非上品。台湾的乌龙，名震中外，大量生产，佳者不易得。处处标榜冻顶，事实上哪里有那么多的冻顶？

喝茶，喝好茶，往事如烟。提起喝茶的艺术，现在好像谈不到了，不提也罢。

看报

报纸的诱惑力实在太大了，怎可一日无此君？

早晨起来，盥洗完毕，就想摊开报纸看看。或是斜靠着在沙发上，跷起一条腿，仰着脖子，举着报纸看。或是铺在桌面上，摘下老花眼镜，一目十行或十目一行地看。或是携进厕所，细吹细打翻来过去地看。各极其态，无往不宜。假使没有报看，这一天的秩序就要大乱，浑身不自在，像是硬断毒瘾所谓“冷火鸡”。翻翻旧报纸看看，哪不对劲，一定要热烘烘地刚从报馆出炉的当天的报纸看了才过瘾。报纸上有什么东西这样摄人魂魄令人倾倒？惊天动地的新闻、回肠荡气的韵事，不是天天有的。不过，大大小小的贪赃枉法的事件、形形色色的社会新闻，以及五花八门的副刊，多少都可以令人开胃醒脾，耳目一新。抛下报纸便可心安理得地去做一个人一天该做的事去了。有些人肝火旺，看了报上少不了的一些不公道的事、颟顸糊涂的事、泄气的事、腌臜的事，不免吹胡瞪眼，破口大骂。这也好，让他发泄一下免得积郁成疾。也有些人专门识小，何处失火、何人跳楼、何家遭窃、何人被绑，乃至于哪家的猪有五条腿、哪家的孩子有两个头，都觉得趣味横生，可资谈助。报纸的诱惑力实在太大了，怎可一日无此君？

我看报也有瘾。每天四五份报纸，幸亏大部分雷同，独家报道并不多，只有副刊争奇竞秀各有千秋，然而浏览一过择要细看，差不多也要个把钟头。有时候某一报纸缺席，心里辄为之不快，但是想想送报的人长年的栉风沐雨，也许有个头痛脑热，偶尔歇工，也就罢了。过阴历年最难堪，报馆休假好几天，一张半张地凑合，乏味之至。直到我自己也在报馆做一点事，才体会到报人也需要逢年轻松几天，这才能设身处地不忍深责。

报纸以每日三张为限，广告至少占去一半以上。这也有好处，记者先生省却不少编撰之劳，广告客户大收招徕生意之效，读者亦可节省一点宝贵时间。就是广告有时也很有趣。近年来结婚启事好像少了，大概是因为红色炸弹直接投寄收效较宏。可是讣闻还是相当多，尤其是死者若是身兼若干董监事，则一排讣闻分别并列，蔚为壮观。不知是谁曾经说过:“你要知道谁是走方郎中江湖庸医么？打开报纸一索便得。”可是医师的广告渐渐少了，药物广告也不若以前之多了。密密麻麻的分类广告，其中藏龙卧虎，有时颇有妙文，常于无意中得之。

报纸以三张为限，也很好。看完报纸如何打发，是一个问题，沿街叫喊“酒乾唐贝波”的人好像现已不常见。外国的报纸动辄一百多页，星期天的报纸多到五百页不算稀奇。报童送报无论是背负还是小车拉曳，都有不胜负荷之状。看完报纸之后通常是积有成数往垃圾桶里一丢，也有人不肯暴殄天物，一大批一大批地驾车送到指定地点做打纸浆之用。我们报纸张数少，也够麻烦，一个月积攒下来也够一大堆，小小几坪的房间如何装得下？不知有人想到过没有，旧报纸可以拿去做纸浆，收物资循环之效。

从前老一辈的人，大概是敬惜字纸，也许是爱惜物资，看完报纸细心折叠，一天一沓，一月一捆，结果是拿去卖给小贩，小贩拿去卖给某些店铺，作为包装商品之用。旧报纸如何打发固是问题，我较更关心的是：看报似乎也有看报的道德，无论在什么场合，看完报纸应该想到还有别人要看，所以应该稍加整理、稍加折叠。我不期望任谁看过报纸还能折叠得见棱见角，如军事管理之叠床被要叠得像一块豆腐干，那是陈义过高近于奢望，但是我也看不得报纸凌乱地抛在桌上、椅上、地上，像才经过一场洗劫。

有一阵电视上映出两句标语：饭前洗手，饭后漱口。实在很好，功德无量。我发现看完报纸之后也要洗手。看完报纸之后十根手指像是刚搓完煤球。外国报纸好像污染得好一些，我不知道他们用的油墨是什么牌子的。

看报也常误事。我一年之内有过因为看报，而烧黑了三个煮菜锅的纪录。这是我对于报纸的功能之最高的称颂。报纸能令人忘记锅里煮着东西！

请客

天下无不散之筵席，奈何奈何？

常听人说："若要一天不得安，请客；若要一年不得安，盖房；若要一辈子不得安，娶姨太太。"请客只有一天不得安，为害不算太大，所以人人都觉得不妨偶一为之。

所谓请客，是指自己家里邀集朋友便餐小酌。至于在酒楼饭店"铺筵席，陈尊俎"，呼朋引类，飞觞醉月，享用的是金樽清酒、玉盘珍馐，最后一哄而散，由经手人员造账报销，那种宴会只能算是一种病狂或是罪孽，不提也罢。

妇主中馈，所以要请客必须先归而谋诸妇。这一谋，有分数，非十天半月不能获致结论，因为问题牵涉太广，不能一言而决。

首先要考虑的是请什么人。主客当然早已内定，陪客的甄选大费酌量。眼睛生在眉毛上边的宦场中人，吃不饱饿不死的教书匠，一身铜臭的大腹贾，小头锐面的浮华少年……若是聚在一个桌上吃饭，便有些像是鸡兔同笼，非常勉强。把素未谋面的人拘在一起，要他们有说有笑，同时食物都能顺利地从咽门下去，也未免强人所难。主人从中调处，殷勤了这一位，怠慢了那一位，想找一些大家都有兴趣的话题亦非易事。所以客人需要分类，不能鱼龙混杂。客的数目视设备而定，若是能把所有该请的客人一网打尽，自然是经济算盘，但是算盘亦不可打得太精。再大的圆桌面也不过能坐十三四个体态中型的人。说来奇怪，客人单身者少，大概都有宝眷，一请就是一对，一桌只好当半桌用。有人请客宽发笺帖，心想总有几位心领谢谢，万想不到人人惠然肯来，而且还有一位特别要好的带来一个七八岁的小宝宝！主人慌忙添座，客人谦让，“孩子坐我腿上！”大家挤挤攘攘，其中还不乏中年发福之士，把圆桌围得密不通风，上菜需飞越人头，斟酒要从耳边下注，前排客满，主人在二排敬陪。

拟菜单也不简单。任何家庭都有它的招牌菜，可惜很少人肯用其所长，大概是以平素见过的饭馆酒席的局面作为蓝图。家里有厨师厨娘，自然一声吩咐，不再劳心，否则主妇势必亲自下厨操动刀俎。主人多半是擅长理论，真让他切葱剥蒜都未必能够胜任。所以拟定菜单，需要自知之明，临时“钻锅”翻看食谱未必有济于事。四冷荤、四热炒、四压桌，外加两道点心，似乎是无可再减；大鱼大肉，水陆杂陈，若不能使客人连串地打饱嗝，不能算是尽兴。菜单拟定的原则是把客人一个个填得嘴角冒油，而客人所希冀的也往往是一场牙祭。有人以水饺宴客，馅子是猪肉菠菜，客人咬了一口，大叫：“哟，里面怎么净是青菜！”一般人还是欣赏肥肉厚酒，管它是不是烂肠之食！

宴客的吉日近了，主妇忙着上菜市，挑挑拣拣，拣拣挑挑，又要物美又要价廉，装满两个篮子，半途休憩好几次才能气喘汗流地回到家。泡的、洗的、剥的、切的，闹哄一两天，然后丑媳妇怕见公婆也不行，吉日到了。客人早已折简相邀，难道还会不肯枉驾？不，守时不是我们的传统。准时到达，岂不像是“头如穹庐咽细如针”的饿鬼？要让主人干着急，等他一催请再催请，然后徐徐命驾，姗姗来迟，这才像是大家风范。当然朋友也有特别性急而提早莅临的，那也使得主人措手不及，慌成一团。客人的性格不一样，有人进门就选一个比较好的座位，两脚高架案上，真是宾至如归；也有人寒暄两句便一头扎进厨房，声称要给主妇帮忙，系着围裙伸着两只油手的主妇连忙谦谢不迭。等到客人到齐，无不饥肠辘辘。

落座之前还少不了你推我让的一幕。主人指定座位，时常无效，除非事先摆好名牌，而且写上官衔，分层排列，秩序井然。敬酒按说是主人的责任，但是也时常有热心人士代为执壶，而且见杯即斟，每斟必满。不知是什么时候什么人兴出来的陋习，几乎每个客人都会双手举杯齐眉，对着在座的每一位客人敬酒，一霎间敬完一圈，但见杯起杯落，如“兔爷儿捣碓”。不喝酒的也要把汽水杯子高高举起，虚应故事，喝酒的也多半是皱眉狞眼地抿那么一小口。一大盘热乎乎的东西端上来了，像翅羹，又像糨糊，一人一勺子，盘底花纹隐约可见，上面撒着的一层芫荽不知被哪一位像芟除毒草似的拨到了盘下，又不知被哪一位从盘下夹到嘴里吃了。还有人坚持海味非蘸醋不可，高呼要醋，等到一碟“忌讳”送上台面，海味早已不见了。菜是一道道地上，上一道客人喊一次“太丰富，太丰富”，然后埋头大嚼，不敢后人。主人照例谦称：“不成敬意，家常便饭。”心直口快的客人就许提出疑问：“这样的家常便饭，怕不要吃穷了？”主人也只好扑哧一笑而罢。将近尾声的时候，大概总有一位要先走一步，因为还有好几处应酬。这时候主妇踱了进来，红头涨脸，额角上还有几颗没揩干净的汗珠。客人举起空杯向她表示慰劳之意，她坐下胡乱吃一些残羹剩炙。

席终，香茗、水果伺候，客人靠在椅子上剔牙，这时节应该是客去主人安了。但是不，大家雅兴不浅，谈锋尚健，饭后磕牙，海阔天空，谁也不愿首先言辞，致败人意。最后大概是主人打了一个哈欠而忘了掩口，这才有人提议散会。天下无不散之筵席，奈何奈何？不要以为席终人散，立即功德圆满，地上有无数的瓜子皮、纸烟灰，桌上杯碟狼藉，厨房里有堆成山的盘碗锅勺，等着你办理善后！

散步

散步一定要在清晨。白居易诗：
“晚来天气好，散步中门前。”

《琅嬛记》云：“古之老人，饭后必散步。”好像是散步限于饭后，仅是老人行之，而且盛于古时。现代的我，年纪不大，清晨起来盥洗完毕便提起手杖出门去散步。这好像是不合古法，但我已行之有年，而且同好甚多，不只我一人。

清晨走到空旷处，看东方既白，远山如黛，空气里没有太多的尘埃炊烟混杂在内，可以放心地尽量地深呼吸，这便是一天中难得的享受。据估计，“目前一般都市的空气中，灰尘和烟煤的每周降量，平均每平方公里约为五吨，在人烟稠密或工厂林立的地区，有的竟达二十吨之多”。养鱼的都知道要经常为鱼换水，关在城市里的人真是如在火宅，难道还不在每天清早从软暖习气中挣脱出来，服几口“清凉散”？

散步的去处不一定要是山明水秀之区，如果风景宜人，固然觉得心旷神怡，就是荒村陋巷，也自有它的情趣。一切只要随缘。我从前沿着淡水河边，走到萤桥，现在顺着一条马路，走到土桥，天天如是，仍然觉得目不暇给。朝露未干时，有蚯蚓、大蜗牛在路边蠕动，没有人伤害它们，在这时候这些小小的生物可以和我们和平共处。也常见有被辗毙的田鸡、野鼠横尸路上，令人触目惊心，想到生死无常。河边蹲踞着三三两两的浣衣女，态度并不轻闲，她们的背上兜着垂头瞌睡的小孩子。田畦间伫立着几个庄稼汉，大概是刚拔完萝卜摘过菜，是农家苦，还是农家乐，不大好说。就是从巷弄里面穿行，无意中听到人家里的喁喁絮语，有时也能令人忍俊不禁。

六朝人喜欢服五石散，服下去之后五内如焚，浑身发热，必须散步以资宣泄。到唐朝时犹有这种风气。元稹诗“行药步墙阴”，陆龟蒙诗“ 更拟结茅临水次，偶因行药到村前”。所谓“行药”，就是服药后的散步。这种散步，我想是不舒服的。肚里面有丹砂、雄黄、白矾之类的东西作怪，必须脚步加快，步出一身大汗，方得畅快。我所谓的散步不这样的紧张，遇到天寒风大，可以缩颈急行，否则亦不妨迈方步，缓缓而行。培根有言：“散步利胃。”我的胃口已经太好，不可再利，所以我从不跟跄地躜路。六朝人所谓“风神萧散，望之如神仙中人”，一定不是在行药时的写照。

散步时总得携带一根手杖，手里才觉得不闲得慌。山水画里的人物，凡是跋山涉水的总免不了要有一根邛杖，否则好像是摆不稳当似的。王维诗“策杖村西日斜”，村东日出时也是一样地需要策杖。一杖在手，无须舞动，拖曳就可以了。我的一根手杖，因为在地面摩擦的关系，已较当初短了寸余。手杖有时亦可作为武器，聊备不时之需，因为在街上散步者不仅是人，还有狗。不是夹着尾巴的丧家之狗，也不是循循然汪汪叫的土生土长的狗，而是那种雄赳赳的横眉竖眼张口伸舌的巨獒，气咻咻地迎面而来，后面还跟着骑脚踏车的扈从。这时节我只得一面退避三舍，一面加力握紧我手里的竹杖。那狗脖子上挂着牌子，当然是纳过税的，还可能是系出名门，自然也有权利出来散步。还好，此外尚未遇见过别的什么猛兽。唐慈藏大师“独静行禅，不避虎兕”，我只有自惭定力不够。

散步不需要伴侣，东望西望没人管，快步慢步由你说，这不但是自由，而且只有在这种时候才特别容易领略到“前不见古人，后不见来者”那种“分段苦”的味道。天覆地载，孑然一身。事实上，街道上也不是绝对的阒无一人，策杖而行的不只我一个，而且经常有很熟的面孔准时准地地出现，还有三五成群的小姑娘，老远就送来木屐声。天长日久，面孔都熟了，但是谁也不理谁。在外国的小都市，你清早出门，一路上打扫台阶的老太婆总要对你搭讪一两句话，要是在郊外的山上，任何人都要彼此脱帽招呼，他们不嫌多事。我有时候发现，一个形容枯槁的老者忽然不见他在街道散步了，第二天也不见，第三天也不见，我真不敢猜想他是到哪里去了。

太阳一出山，把人影照得好长，这时候就该往回走。再晚一点，便要看到穿蓝条睡衣睡裤的女人们在街上或是在河沟里倒垃圾，或者是捧出红泥小火炉在路边呼呼地扇起来，弄得烟气腾腾。尤其是，风驰电掣的现代交通工具也要像是猛虎出柙一般地露面了，行人总以回避为宜。所以，散步一定要在清晨。白居易诗：“晚来天气好，散步中门前。”要知道白居易住的地方是伊阙，是香山，和我们住的地方不一样。

麻将

麻将之中自有乐趣。贵在临机应变，出手迅速。

我的家庭守旧，绝对禁赌，根本没有麻将牌。从小不知麻将为何物。除夕到上元开赌禁，以掷骰子状元红为限，下注三十几个铜板，每次不超过一二小时。有一次我斗胆问起，麻将怎个打法。家君正色曰："打麻将吗？到八大胡同去！"吓得我再也不敢提起"麻将"二字，心里留下一个并不正确的印象，以为麻将与八大胡同有什么密切关联。

后来我出国留学，在轮船的娱乐室内看见有几位同学作方城戏，才大开眼界，觉得那一百三十六张骨牌倒是很好玩的。有人热心指点，我也没学会。这时候麻将在美国盛行，很多美国人家里都备有一副，虽然附有说明书，一般人还是不易得其门而入。我们有一位同学在纽约居然以教人打牌为副业，电话召之即去，收入颇丰，每小时一元。但是这为大家所不齿，认为他不务正业，贻士林羞。

科罗拉多大学有两位教授，姊妹俩，老处女，请我和闻一多到她们家里吃晚餐，饭后摆出了麻将，作为余兴。在这一方面我和一多都是属于“四窍已通其三”的人物——一窍不通，当时大窘。两位教授不能理解，中国人竟不会打麻将？当晚四个人临时参看说明书，随看随打，谁也没能规规矩矩地和下一把牌，窝窝囊囊地把一晚消磨掉了。以后再也没有成局。

麻将不过是一种游戏，玩玩有何不可？何况贤者不免。梁任公先生即是此中老手。我在清华念书的时候，就听说任公先生有一句名言：“只有读书可以忘记打牌，只有打牌可以忘记读书。”读书兴趣浓厚，可以废寝忘食，还有工夫打牌？打牌兴亦不浅，上了牌桌全神贯注，焉能想到读书？二者的诱惑力、吸引力有多么大，可以想见。书读多了，没有什么害处，顶多变成不更事的书呆子、文弱书生。经常不断地十圈二十圈麻将打下去，那毛病可就大了。有任公先生的学问风操，可以打牌，我们没有他那样的学问风操，不得借口。

胡适之先生也偶然喜欢摸几圈。有一年在上海，饭后潘光旦、罗隆基、饶子离和我，走到一品香开房间打牌。硬木桌上打牌，滑溜溜的，震天价响，有人认为痛快。我照例作壁上观。言明只打八圈。打到最后一圈已近尾声，局势十分紧张。胡先生坐庄，潘光旦坐对面，三副落地，吊单，显然是一副满贯的大牌。“扣他的牌，打荒算了。”胡先生摸到一张白板，地上已有两张白板。“难道他会吊孤张？”胡先生口中念念有词，犹豫不决。左右皆曰：“生张不可打，否则和下来要包！”胡适先生自己的牌也是一把满贯的大牌，且早已听张，如果扣下这张白板，势必拆牌应付，于心不甘。犹豫了好一阵子，“冒一下险，试试看。”啪的一声把白板打了出去！“自古成功在尝试”，这一回却是“尝试成功自古无”了。潘光旦嘿嘿一笑，翻出底牌，吊的正是白板。胡先生包了，身上现钱不够，开了一张支票，三十几元。那时候这不算是小数目，胡先生技艺不精，没得怨。

抗战期间，后方的人，忙的是忙得不可开交，闲的是闷得发慌。不知是谁诌了四句俚词：“一个中国人，闷得发慌。两个中国人，就好商量。三个中国人，做不成事。四个中国人，麻将一场。”四个人凑在一起，天造地设，不打麻将怎么办？雅舍也备有麻将，只是备不时之需。有一回有客自重庆来，第二天就回去，要求在雅舍止宿一夜。我们没有招待客人住宿的设备，颇有难色，客人建议打个通宵麻将。在三缺一的情形下，第四者若是坚不下场，大家都认为是伤天害理的事。于是我也不得不凑一角。这一夜打下来，天旋地转，我只剩得奄奄一息，誓言以后在任何情形之下，再也不肯做这种成仁取义的事。

麻将之中自有乐趣。贵在临机应变，出手迅速。同时要手挥五弦目送飞鸿，有如谈笑用兵。徐志摩就是一把好手，牌去如飞，不假思索。麻将就怕“长考”。一家长考，三家暴躁。以我所知，麻将一道要推太太小姐们最为擅长。在桌牌上我看见过真正春笋一般的玉指洗牌砌牌，灵巧无比。（美国佬的粗笨大手砌牌需要一根大尺往前一推，否则牌就摆不直！）我也曾听说某一位太太有接连三天三夜不离开牌桌的纪录（虽然她最后崩溃以至于吃什么吐什么！）。男人们要上班，就无法和女性比。我认识的女性之中有一位特别长于麻将，经常午间起床，午后二时一切准备就绪，呼朋引类，麻将开场，一直打到夜深。雍容俯仰，满室生春。技压侪辈，赢多输少。我的朋友卢冀野是个倜傥不羁的名士，他和这位太太打过多次麻将，他说：“政府于各部会之外应再添设一个‘俱乐部’，其中设麻将司，司长一职非这位太太莫属矣。”甘拜下风的不只是他一个人。

路过广州，耳畔常闻噼噼啪啪的牌声，而且我在路边看见一辆停着的大卡车，上面也居然摆着一张八仙桌，四个人露天酣战，行人视若无睹。餐馆里打麻将，早已通行，更无论矣。在台湾，据说麻将之风仍然很盛。有中国人的地方就有麻将，有些地方的寓公寓婆亦不能免。麻将的诱惑力太大。

王尔德说过：“除了诱惑之外，我什么都能抵抗。”我不打麻将，并不妄以为自己志行高洁。我脑筋迟钝，跟不上别人的反应速度，影响到麻将的节奏，一赶快就出参差。我缺乏机智，自己的一副牌都常照顾不来，遑论揣度别人的底细，既不知己又不知彼，如何可以应付大局？打牌本是寻乐，往往是寻烦恼，又受气又受窘，干脆不如不打。费时误事的大道理就不必说了。有人说卫生麻将又有何妨？想想看，鸦片烟有没有卫生鸦片，海洛因有没有卫生海洛因？大凡卫生麻将，结果常是有碍卫生。起初输赢小，渐渐提升。起初是朋友，渐渐成赌友，一旦成为赌友，没有交情可言。我曾看见两位朋友，都是斯文人，为了甲扣了乙一张牌，宁可自己不和而不让乙和，事后还扬扬得意，以牌示乙，乙大怒。甲说在牌桌上损人不利己的事是可以做的，话不投机，大打出手，人仰桌翻。我又记得另外一桌，庄家连和七把，依然手顺，把另外三家气得目瞪口呆面色如土，结果是勉强终局，不欢而散。赢家固然高兴，可是输家的脸看了未必好受。有了这些经验，看了牌局我就怕，作壁上观也没兴趣。何况本来是个穷措大，“黑板上进来白板上出去”也未免太惨。

对于沉湎于此道中的朋友们，无论男女，我并不一概诅咒。其中至少有一部分可能是在生活上有什么隐痛，借此忘忧，如同吸食鸦片一样久而上瘾，不易戒掉。其实要戒也很容易，把牌和筹码以及牌桌一起蠲除，洗手不干便是。

放风筝

开春的时候，蔚蓝的天，风不断地吹，最好放风筝。

偶见街上小儿放风筝，拖着一根棉线满街跑，嬉戏为欢，状乃至乐。那所谓风筝，不过是竹篾架上糊一点纸，一尺见方，顶多底下缀着一些纸穗，其结果往往是绕挂在街旁的电线上。

常因此想起我小时候在北平放风筝的情形。我对放风筝有特殊的癖好，从孩提时起直到三四十岁，遇有机会从没有放弃过这一有趣的游戏。在北平，放风筝有一定的季节，大约总是在新年过后开春的时候为宜。这时节，风劲而稳。严冬时风很大，过于凶猛，春季过后则风又嫌微弱了。开春的时候，蔚蓝的天，风不断地吹，最好放风筝。

北平的风筝最考究。这是因为北平有闲阶级的人多，如八旗子弟，凡属耳目声色之娱的事物都特别发展。我家住在东城，东四南大街，在内务部街与史家胡同之间有一个二郎庙，庙旁边有一爿风筝铺，铺主姓于，人称“风筝于”。他做的风筝在城里颇有小名。我家离他近，买风筝特别方便。他做的风筝，种类繁多，如肥沙雁、瘦沙雁、龙井鱼、蝴蝶、蜻蜓、鲇鱼、灯笼、白菜、蜈蚣、美人儿、八卦、蛤蟆以及其他形形色色。鱼的眼睛是活动的，放起来滴溜溜地转，尾巴拖得很长，临风波动。蝴蝶蜻蜓的翅膀也有软的，波动起来也很好看。风筝的架子是竹制的，上面绷起高丽纸面，讲究的要用绢绸，绘制很是精致，彩色缤纷。风筝于的出品，最精彩是“提线”拴得角度准确，放起来不“折筋斗”，平平稳稳。风筝小者三尺，大者一丈以上，通常在家里玩玩有三尺到七尺就很够。新年厂甸开放，风筝摊贩也很多，品质也还可以。

放风筝的线，小风筝用棉线即可，三尺以上就要用棉线数绺捻成的“小线”，小线也有粗细之分，视需要而定。考究的要用“老弦”：取其坚牢，而且分量较轻，放起来可以扭成直线，不似小线之动辄出一圆兜。线通常绕在竹制的可旋转的“线桄子”上。讲究的是硬木制的线桄子，旋转起来特别灵活迅速。用食指打一下，桄子即转十几转，自然地把线绕上去了。

有人放风筝，尤其是较大的风筝，常到城根或其他空旷的地方去，因为那里风大，一抖就起来了。尤其是那一种特制的巨型风筝，名为“拍子”，长方形的，方方正正没有一点花样，最大的没有超过九尺。北平的住宅都有个院子，放风筝时先测定风向，要有人带起一根大竹竿，竿顶置有铁叉头或铜叉头（即挂画所用的那种叉子），把风筝挑起，高高举起到房檐之上，等着风一来，一抖，风筝就飞上天去，竹竿就可以撤了，有时候风不够大，举竹竿的人还要爬上房去踞坐在房脊上面。有时候，费了不少手脚，而风姨不至，只好废然作罢。不过这种扫兴的机会并不太多。

风筝和飞机一样，在起飞的时候和着陆的时候最易失事。电线和树都是最碍事的，须善为躲避。风筝一上天，就没有事，有时候进入罡风境界，直不需用手牵着，大可以把线拴在屋柱上面，自己进屋休息，甚至拴一夜，明天再去收回。春寒料峭，在院子里久了会冻得涕泗交流，线弦有时也会把手指勒得青疼，甚至出血，是需要到屋里去休息取暖的。

风筝之“筝”字，原是一种乐器，似瑟而十三弦。所以顾名思义，风筝也是要有声响的。《询刍录》云：“五代李邺于宫中作纸鸢，引线乘风为戏，后于鸢首，以竹为笛，使风入竹，声如筝鸣。”这记载是对的。不过我们在北平所放的风筝，倒不是“以竹为笛”，带响的风筝是两种，一种是带锣鼓的，一种是带弦弓的，二者兼备的当然也不是没有。所谓锣鼓，即是利用风车的原理捶打纸制的小鼓，清脆可听。弦弓的声音更为悦耳。有高骈《风筝》诗为证：

> 夜静弦声响碧空，宫商信任往来风。
> 依稀似曲才堪听，又被风吹别调中。

我以为放风筝是一件颇有情趣的事。人生在世上，局促在一个小圈圈里，大概没有不想偶然远走高飞一下的。出门旅行，游山逛水，是一个办法，然亦不可常得。放风筝时，手牵着一根线，看风筝冉冉上升，然后停在高空，这时节仿佛自己也跟着风筝飞起了，俯瞰尘寰，怡然自得。我想这也许是自己想飞而不可得，一种变相的自我满足罢。春天的午后，看着天空飘着别人家放起的风筝，虽然也觉得很好玩，究不若自己手里牵着线的较为亲切，那风筝就好像是载着自己的一片心情上了天。真是的，在把风筝收回来的时候，心里泛起一种异样的感觉，好像是游罢归来，虽然不是扫兴，至少也是尽兴之后的那种疲惫状态，懒洋洋的，无话可说，从天上又回到了人间，从天上翱翔又回到匍匐地上。

放风筝还可以“送幡”（俗呼为“送饭儿”）。用铁丝圈套在风筝线上，圈上附一长纸条，在放线的时候铁丝圈和长纸条便被风吹着慢慢地滑上天去，纸幡在天空飞荡，直到抵达风筝脚下为止。在夜间还可以把一盏一盏的小红灯笼送上去，黑暗中不见风筝，只见红灯朵朵在天上游来游去。

放风筝有时也需要一点点技巧。最重要的是在放线松弛之间要控制得宜。风太劲，风筝陡然向高处跃起，左右摇晃，把线拉得绷紧，这时节一不小心风筝便会倒栽下去。栽下去不要慌，赶快把线一松，它立刻又会浮起，有时候风筝已落到视线所不能及的地方，依然可以把它挽救起来。凡事不宜操之过急，放松一步，往往可以化险为夷，放风筝亦一例也。技术差的人，看见风筝要栽筋斗，便急忙往回收，适足以加强其危险性，以至于不可收拾。风筝落在树梢上也不要紧，这时节也要把线放松，乘风势轻轻一扯便会升起。性急的人用力拉，便愈纠缠不清，直到把风筝扯碎为止。在风力弱的时候，风筝自然要下降，线成兜形，便要频频扯抖，尽量放线，然后再及时收回，一松一紧，风筝可以维持于不坠。

好斗是人的一种本能。放风筝时也可表现出战斗精神。发现邻近有风筝飘起，如果位置方向适宜，便可向它斗争。法子是设法把自己的风筝放在对方的线兜之下，然后猛然收线，风筝陡地直线上升，势必与对方的线兜交缠在一起，两只风筝都摇摇欲坠，双方都急于向回扯线，这时候就要看谁的线粗，谁的手快，谁的地势优了。优胜的一方面可以扯回自己的风筝，外加一只俘虏，可能还有一段的线。我在一季之中，时常可以俘获四五只风筝。把俘获的风筝放起，心里特别高兴，好像是在炫耀自己的胜利品，可是有时候战斗失利，自己的风筝被俘，过一两天看着自己的风筝在天空飘荡，那便又是一种滋味了。这种斗争并无伤于睦邻之道，这是一种游戏，不发生侵犯领空的问题。并且风筝也只好玩一季，没有人肯玩隔年的风筝。迷信说隔年的风筝不吉利，这也许是卖风筝的人造的谣言。

动物园

想人类在动物界里究竟占什么样的地位。是万物之灵，灵在哪里？

我爱逛动物园。从前北平西直门外有个三贝子花园，后来改建为万牲园，再后来为农业试验所。我小时候正赶上万牲园全盛时代。每逢春秋佳日，父母辄带着我们几个孩子去逛一次。

万牲园门口站着两个巨人，职司剪票。他们究竟有多高，已不记得，不过从稚小的孩子眼里看来，仰而视之，高不可攀，低头看他的脚大得吓人！两个巨人一胖一瘦，都神情木然，好像是陷入了“小人国”，无可奈何地站在那里。万牲园的主事者找到这两个巨无霸把头关，也许是把他们当作珍禽异兽一般看待，供人观赏。至少我每次逛万牲园，最兴奋的第一桩事就是看那两位巨人。可惜没有三五年二人都先后谢世，后起无人，万牲园为之大为减色。

走进大门，有二入口，左为植物园，右为动物园。二园之间有路可通，游人先入动物园，然后循线入植物园，然后是出口。中间还有一条沟渠一般的小河，可以行船，游人纳费登舟，可略享水上漂浮之趣。登船处有一小亭，额曰“松风水月”，未免小题大做。有河就不能没有桥，在畅观楼前面就起了一座相当高大的拱桥，俗所谓罗锅桥。桥本身不错，放在那里却有一些不伦不类。

植物园其实只是一个苗圃，既无古木参天，亦无丘陵起伏，一片平地，黄土成陇而已。但是也有两个建筑物。一个是畅观楼，据说是慈禧太后去颐和园时途经此地，特建此桥为息足之处。楼两层，洋式，内贮历朝西洋各国进贡的自鸣钟，满坑满谷，大大小小，形形色色，足有数百余具。当时海运初开，平民家中大抵都有自鸣钟，但是谁也没见过这样的场面，到此大开眼界。为什么这样多的自鸣钟集中陈列在此，我不知道。除了自鸣钟，还有两个不寻常的穿衣镜，一凹一凸，走近一照，不是把你造成面如削瓜，便是把你造成柿饼脸，所以这两个镜子号称“一见哈哈笑”。孩子们无不嬉笑称奇。

另一建筑是豳风堂。是几间平房，但是堂庑宽敞，有棚可遮阳，茶座散落于其间。游客到此可以啜茗休息。堂名取得好，《诗经》《豳风·七月》之篇，描述陇亩之间农家生活的况味。

植物园的风光不过如此，平凡无奇，但是，久居城市的人难得一嗅黄土泥的味道，难得一见果树成林的景象，到此顿觉精神一振。至于青年男女在这比较冷僻的地方携手同行，喁喁私语，当然更觉得这是一个好去处了。

万牲园究竟是以动物园为主。这里的动物不多，可是披头散发的雄狮、斑斓吊睛的猛虎、笨拙庞大的犀牛、遍体条纹的斑马、浑身白斑的梅花鹿、甩着长鼻子龅着大牙的象、昂首阔步有翅而不能飞的鸵鸟、略具人形的狒狒、成群的抓耳挠腮的猕猴、蜿蜒腹行的巨蟒、借刺防身的豪猪、时而摇头晃脑时而挺直人立的大黑狗熊，此外如大鹦鹉小金丝雀之类，也差不多应有尽有了。我难以忘怀的是在池塘柳荫之下并头而卧交颈而眠的那一对色彩鲜艳的鸳鸯，美极了。

动物关在笼里，一定很苦，就拿那黑熊来说，偌大的身躯长年地关在那方丈小笼之内，直如无期徒刑。虽然动物学家说，动物在心理上并不一定觉得它是被关在笼子里，而是人被关在笼子外，人不会来害它，它有安全感。我看也不一定安全，常有自恃为万物之灵的人，变着方法欺侮栅里的兽，例如把一根点燃了的纸烟递到象鼻的尖端，烫它一下。更有人拿石头掷击猴子，好像是到动物园来打猎似的！过不了多少年，园里的动物一个个地进了标本室，犹如人进了祠堂一般，是否都是“考终命”，谁知道？

动物一个个地老成凋谢，那些兽栅渐渐十室九空。显然的，动物园已难以维持下去。我记得我最后一次去是在我二十岁左右的时候，偕友进得大门干脆左转，照直蹚入植物园，在苗圃里徜徉半天，那萧索败落的动物园我不忍再去一顾。童时向往的万牲园，盛况已成陈迹了。

自从我离开北平，数十年仆仆南北，尚未看到过一个像样的动物园。我们中国人对于此道好像不甚考究。据司马相如的《上林赋》：汉武帝增扩的上林苑周袤三百里，其中包括了一个专供天子畋猎的动物园，可以“生貔豹，搏豺狼，手熊罴，足壄羊，蒙鹖苏，绔白虎，被斑文……”真是说得天花乱坠，恐怕只是文人词客的彩笔夸张，未必属实。我看见过的现代民间豢养的动物，无非是在某些公园中偶然一见的一两只虎，市尘游戏场中之要猴子、要狗熊的等等而已。直到我来到台湾，才得在台北圆山再度亲近一个动物园。

圆山动物园规模不算大，但是日本人经营的作风相当巧妙。岛国的人最擅长的是在咫尺之间造出那样多的曲折迂回。圆山动物园应是典型的东洋庭园艺术的一例。小小的一个山丘，竟有如许丘壑。最高处路旁有一茶肆，有高屋建瓴之势，凭窗远眺，于阡陌梯田之中常见小火车一列冒着蒸气蜿蜒而过。夕阳反照，情景相当幽绝。彼时我寓中山北路，得便常去一游。好多次看见成群的村姑结伴而行，一个个的手举着高跟鞋跣足登陟山坡，蔚为一景（如今皮鞋穿惯，不复见此奇景矣）。

有一次游园，正值园工手持活鸡饲蛇。游人蠡聚争睹此一奇观。我亦不禁心动，攘臂而前，挤入人丛，但人墙无由冲破，乃知难而退。退出后始发觉西装袋上所持之自来水笔已被人扒去。对我而言，当时失掉一支笔，损失很重。笑话中“人多处不可去”之阃训，不无道理。因此我想，我来动物园是来看动物，不是来看人。要看人，大街小巷万头攒动，何必到这里来凑热闹？从此动物园我就少去了。后来旁边又拓开了儿童乐园，我更加明白这不是属于我的去处。但是我对于那些动物还是很关心的。听说有些游客捉弄动物、虐待动物，我就非常愤懑，听说园中限于经费，有时虎豹之类不能吃饱，我也难过。因为我们把兽关进园内，它们就是我们的客，待客有待客之道，就如同我们家里养猫养狗，能让它们饔飧不继吗？

圆山动物园就要迁移新址，动物将有宽敞的自然的生活空间，我有五愿：

一愿它们顺利乔迁，

二愿它们此后快乐，

三愿园主园丁善待它们，

四愿游客不要虐待它们，

五愿大家不要污染环境。

我觉得动物园之迁移新地，近似整批囚犯的假释，又像是一次大规模的放生。

好多年前，记得好像是《新月》杂志第四期，载有一篇《动物园中的人》，是英国小说家David Garnett[1]作，

〔1〕 即大卫·加奈特。——编者注

徐志摩译。小说的大意是叙述一个人自愿进入动物园，住进一个铁栏，作为动物的一类，任人参观。他被接受了，栏上挂着一个牌子“Homo Sapiens（灵长类）人”。下面注一行小字：“请游客不要惹恼他”。这只是小说的开端，志摩没有继续译下去。我劝他译完全篇，他口头答应但是没有做。虽是残篇译本，我们可以看出这部小说的构想不错。我至今忘不了这个残篇，就是因为我一直在想，想了几十年，想人类在动物界里究竟占什么样的地位。是万物之灵，灵在哪里？是动物中兽的一类，尚保有多少兽性？人性是什么？假如要我为那《动物园中的人》写一篇较详细的说明书，我将如何写法？这一连串的问题我一直在想，但是参不透。

我看电视

如今时代进步，但是喜剧方面仍然特别有才难之叹。

有人问我看不看电视。

我说我看。不过我在扭接电视之前，先提醒我自己几件事。第一，电视公司不是我开的，所以我不能指挥他们播出什么样的节目。电视节目就好像是餐馆里的“定食”（唯一的一组和菜），吃不吃由你，你不能点菜。当然，有几个频道可供选择。可是内容通常都差不多，实在也没有什么选择。

第二，看电视的不只我一个人。看各处屋顶上扎煞着的一排排鱼骨天线，即可知其观众如何的广大。其中有老有少，有男有女，有君子小人，有贤愚智不肖，他们的口味自然不大相同，而电视制作必须要在他们的不同口味之中找出“公分母”，播映出来的节目要老少咸宜、雅俗共赏。其结果可能是里外不讨好，有人嫌太雅，又有人嫌太俗。所以作节目的人，不但左右为难，而且上下交责，自己良心也往往忐忑不安，他们这份差事不容易当。

第三，电视是一种买卖生意。在商言商，当然要牟利。观众是买主，可是观众并未买票。天下焉有看白戏的道理？可是观众又是非要不可的，天下焉有不要观众的戏？于是电视另有生财之道——招登广告。电视广告费是以秒计的，离日进斗金的目标也许不会太远。广告商舍得花大钱登广告，又有他们的打算，利用广告心理招引观众买他们的货物。观众通常是不爱看广告的，尤其是插在节目中间的广告，不但扫兴，简直是讨厌。可是我们必须忍受，因为事实上是广告商招待我们看戏。

提醒自己上述几点之后就可以大模大样地看电视了。看电视当然也有一个架势。不远不近地有个座位，灯光要调整好，泡碗好茶，配上一些闲食零嘴。“TV餐”倒不必要，很少人为了贪看电视像英国十八世纪三明治伯爵因舍不得离开赌桌而吃三明治（“TV餐”不高明，远不及三明治）。美国的标准电视零食是爆玉米花或炸洋芋片。按我们中国人的口味，似乎金圣叹临刑所说“花生米与豆腐干同食大有胡桃滋味”确是不无道理。

看不多久，广告来了。你有没有香港脚，你是否患了感冒，你要不要滋补，你想不想像狼豹一般在田野飞驰？有些广告画面优美，也有些恶声恶相。广告时间就可以闭目养神，即使打个盹也没有多大损失，有时候真的呼呼大睡起来。平素失眠的人在电视前是容易入睡的。

看电视多半是为娱乐，杀时间。但是有时亦适得其反——恶心。哭哭啼啼地没完没结，动不动的就是眼泪直流，不是令人心酸，是令人反胃，更难堪的是笑剧穿插。很少喜剧演员能保持正常的人的面孔，不是狞眉皱眼，就龇牙咧嘴，再不就是佝腰缩颈，走起路来欹里歪斜，好像非如此不能引起大家的欢笑。当年文明戏盛行的时候，几乎所有丑角都犯一种毛病，无缘无故地就跌一跤，或是故作口吃，观众就会觉得好玩。如今时代进步，但是喜剧方面仍然特别有才难之叹。

我事先提醒了自己，所以我感觉电视可以不必再观赏下去的时候，便轻轻地把它关掉。我不口出恶声，当然更不会有像传说中的砸烂荧幕的那种蠢事。好来好散，不伤和气。

光是挑剔而不赞美是不公道的，电视也给了我不少的快乐。我喜欢看新闻，百闻不如一见。例如报载某地火山爆发，就不如在电视上看那山崩地裂岩浆氾滥的奇景。火烧大楼、连环车祸，种种触目惊心的景象，都由电视送到目前。许多名流新贵，我耳闻其名而未曾识荆，无从拜见其尊容，在电视上便可以（而且是经常）瞻仰他的相貌，多半是“天庭饱满，地阁方圆”。警察捕获的盗贼罪犯，自然又泰半是獐头鼠目的角色，见识一下也好（不过很奇怪，其中也有眉清目秀方面大耳的）。美国俚语，称上电视人员所使用的提词牌为“低能牌”，我不知道我们的一些上电视的公务人员在接受访问或发表谈话的时候，是否也使用“低能牌”，按说在他职掌范围之内的材料应该是滚瓜烂熟的，不至于低能到非照本宣科不可。如果使用低能牌，便会露出低能相。

新闻过后便是所谓黄金时段。惭愧得很，这也正是我准备就寝的时候。不过真正好的连续剧，不是虚晃一招的花拳绣腿的武打，而是比较有一点深度地弘扬人性的戏，也可以使我牺牲一两个小时的睡眠。即使里面有一点或很多说教的意味，我也能勉强忍耐。这样的好戏不常见。

我对于野兽生活的片子很感兴趣。野兽是我们人类的远亲，久不闻问了。它们这些支族繁殖不旺，有的且面临绝种。我逛动物园，每每想起我们“北京人”时代的环境与生活，真正地发思古之幽情。看电视所播的野兽生活，格外地惊心动魄。我并不向往非洲的大狩猎。于今之世我们不该打猎了。地球面积够大，让它们也活下去吧！

我国的旧戏早就在走下坡路。我因为从小就爱看戏，至今不能忘情。因为种种不便，我难得出去看一回戏，在电视上却有缘看到大约百出以上的戏，其中颇有几出是前所未见的。新编的戏我不太热心，我要看旧的戏，注意的是演员的唱与作。我发现了一位武生特别的功夫扎实、气度不凡。我在楼上写作，菁清就会冲上楼来，拉起我就走，连呼：“快，快，你喜欢的‘挑滑车’上映了！”我只好搁下笔和她一同欣赏电视上的“挑滑车”。电视前看戏，当然不及在舞台前，然而也差强人意了。

电视开始那一年就有有关烹饪示范的节目，我也一直要看这个节目。我不是想学手艺，因为我在这方面没有才能和野心，可是我看主持人的刀法实在利落，割鸡去骨悉中肯綮，操作程序有条不紊，衷心不但佩服而且喜悦。可惜播放时间屡次更动，我常错过观赏的机会。

运动节目也煞是好看。足球（不是橄榄球）、篮球、棒球的重要比赛，尤其是国际性的，我不肯轻易放过。前几年少棒队驰誉国际，半夜三更起来观看电视现场播映的观众，其中有一个是我。

我的暑假是怎样过的

长夏无俚，难道没有一点赏心乐事？当然也有。

儿时英文作文教师喜欢出的作文题目之一，便是《我的暑假是怎样过的》。记得当时我抓耳挠腮，搜索枯肠，窘困万状，但仍不能不凑出几百字塞责交卷。小孩子的暑假还有什么新鲜的过法？总不外吃喝玩乐。要撰文记述，自不免觉得枯涩乏味。现在我年近五十，仍操粉笔生涯，躬逢抗战胜利，又遇戡乱建国，今年暑假是怎样过去的，颇觉得有一点迷迷糊糊。眼看着就要开学，于是自动地给自己出下这样一个题目，择记几件小事，都平凡琐屑无比，并不惊人，总算给我的暑假做一结束。

暑假伊始，我本来是立有大志的，其规模虽然比不上什么三年计划、五年计划之类，却也条举目张，要克期计功。现在加以清算，我的暑假作业怕是不能及格了。

推其原因，当然照例是“环境不良，心绪恶劣”八个字。其实环境也不算太不良，虽然每天清晨，飞机一群擦着房檐过去，有时郊外隐闻炮声，还有时要在街头打死几个学生颁布戒严令，但是究竟从来没有炮弹碎片落在自己头上，这环境也可以算得上很安谧了。心绪确是近于恶劣，但也是自找，既无疾病缠绵，亦无断炊情事，如果稍微相信一点唯物论，大可以思想前进，绝无苦闷。可惜的是，自己隐隐然还有一颗心，外界的波澜不能不掀动内心的荡漾，极小的一件事也可以使人终日寡欢，所以工作成绩也就微小得不值一提了。

一放暑假，一群孩子背着铺盖卷回家，这是一厄！一家团聚，应该是一种享受天伦之乐的机会，但是凭空忽来壮丁就食，家庭收支立刻出现赤字，难以弥补。而赡养义务又是义不容辞的。这是颇费周章的一件事。可恨的是，孩子们既无杨朱的技能，又无颜回的操守，粗茶淡饭之后，一个个地唉声叹气，嚷着“嘴里要淡出鸟儿来”！在我这一方面，生活也大受干扰，好像是有一群流亡学生侵入住宅，吃起东西来像一队蝗虫，谈天说笑像是一塘青蛙，出出进进，熙熙攘攘。清早起来马桶永远有人占着座儿，衣服、袜子、书籍、纸笔狼藉满屋好像是才遭洗劫，一张报纸揉得稀烂，彼此之间有时还要制造摩擦。饶这样，还不敢盼着暑假早日结束，暑假一终止，另一灾难到来，学杂膳宿，共二十七袋面！

还有一桩年年暑期里逃不脱的罪过。学校要招生，招生要监考，监考也不要紧，顶多是考生打翻墨水壶的时候你站远点，免得溅一腿，考生问“抄题不抄题”的时候使你恶心一下。考完要看卷子，看卷子也不要紧，捏着鼻子看，总有看完的一天，离奇的答案有时使人笑得肚子疼，离奇的试题有时使人不好意思笑出声来，都还有趣。最伤脑筋的是，招生之际总有几位亲友手提着两罐茶叶、一筐水果登门拜访，扭扭捏捏地说孩子要考您那个大学您那个系，求您多多关照。好像那个学房铺是我开的似的！如果我开诚布公地对他说，我实在心有余而力不足，题目不是一个人出，卷子不是一个人看，其间还有密封暗码，最后还要开会公决，要想舞一点弊是几乎不可能的。这套话算是白说，他死也不信。“大家都是中国人，打什么官腔？”“你这是推托，干脆说不管好了，不够朋友！”“帮人一步忙，就怕树叶儿打了脑袋？”

再说就更不好听了，“谁没有儿女？谁也保不住不求人。这点小事都不肯为力，‘房顶开门，六亲不认’！”如果我答应下来，榜发之时十九是名落孙山，没脸见人。这样的苦头我年年都要吃，一年一度，牢不可破，能推的推了，不能推的昧着良心答应下来，反正结果是得罪人。今年得高人指点，应付较为得宜。接受请托之际，还他一个模棱答案：“您老的事我还能不尽力！您真是太见外了。不过有一句话得说在前头，令郎的成绩若是差个一星半点的，十分八分的，兄弟有个小面子，这事算包在我身上了，准保能给取上，不过，若是差得太多，公事上可交代不下去，莫怪我力不从心。”对方听了觉得入情入理，一定满意。之后，对方还照例要来一封八行书，几回电话，一再叮咛，这都不慌。等到快发榜的前夕，可要把握时机，少不得要到学校里钻营一番，如果确知考取了，赶快在榜发之前至少十分钟打一电话给他老人家：“恭喜！令郎的成绩好，倒不是小弟的力量……”他一定认为是你的力量。他相信人情、面子。如果没有考取，不怕，也在发榜之前十分钟打一电话，虽然是噩耗，而能在发榜之前就得到消息，这人情是托到家了。事后再赶快抄一张他这位世兄的成绩表，“英文零分，数学两分，国文十五分……实在没有办法，抱歉之至！”这办法不得罪人。

还有更难应付的问题，一到暑假，正是“毕业即失业”的季候。年轻小伙子总觉得教书的先生也许有点办法，于是前来登门拜谒，请求介绍职业。其实教书的先生正是因为在人事上毫无办法，所以才来教书，否则早就学优而仕了。所以每有学生一手持履历片，一手拿点什么小小的礼物之类，我一见便伤心不只从一处来，一面痛恨自己的不中用，一面惋惜来者之找错了人。

长夏无俚，难道没有一点赏心乐事？当然也有。晚饭后，瓜棚豆架，泡上一大壶酽茶，一家人分据几把破藤椅，乘凉闲话，直聊到星稀斗横、风轻露重，然后贸贸然踱到屋里倒头便睡——这是一天里最快活的一段时间。白天就没有这样清闲，多少鸡毛蒜皮的琐碎事，多少语言无味、面目可憎的人，把你的时间切得寸断，把你的心戳成马蜂窝！你休想安心，休想放心，休想专心，更休想开心！

有人主张暑假里到一个风景优美的地方去避暑，什么北戴河、青岛，都是好地方，至不济到郊外山上租几间屋子，也可暂避尘嚣。这种主张当然是非常正确，谁也不预备反驳。北戴河、青岛如今都不景气，而且离前线也太近，殊非养生之道，远不及莫干山、庐山。我今年避暑的所在，和几十年来的一样，是在红尘万丈、火伞高张的城里，风景差一点，可是也并未中暑。

我的暑假就这样过去了，好歹把孩子们打发上学了，明年的暑假能不能这样平安度过，谁知道？

快乐是在心里，不假外求，
求即往往不得，转为烦恼。

第四章 况逢一朵花新

笑

一个身心健全的人自然会笑逐颜开，至少也不至于把脸部直着扯到八丈长。

据一位生物学家说，笑是人类特有的一种技能，猿类也有时会笑，其他低能动物便很少能笑了。所以约略说来，能笑与不能笑，是人与非人的一个分别。

有人观察发现，现代的人渐渐不大肯笑了。当然，一个人在又凉又饿的时候，我们若勉强他笑，那个苦笑的脸儿，我们也不见得爱看。不过假使的确有可笑的事情或状态，放在眼前，一个身心健全的人自然会笑逐颜开，至少也不至于把脸部直着扯到八丈长。

不笑的人未必就是悲观者。真彻底的悲观者，他才会笑呢！他笑起来能够令人毛骨悚然！我们所希冀的是，人类的生活除了努力做一些可敬可爱、可歌可泣的大事业，稍微匀出一点空间，大家笑一笑，是很有益卫生的。至若可笑的事不能引人笑，甚或令人认真起来，那也无法，尽亦气数使然！

注：本篇原载于1927年6月27日上海《时事新报·青光》专栏，署名秋郎。

快乐

吃饭睡觉，稀松平常之事，但是其中大有道理。

天下最快乐的事大概莫过于做皇帝。“首出庶物，万国咸宁”。至不济可以生杀予夺，为所欲为。至于后宫粉黛三千，御膳八珍罗列，更是不在话下。清乾隆皇帝，“称八旬之觞，镌十全之宝”，三下江南，附庸风雅。那副志得意满的神情，真是不能不令人兴起“大丈夫当如是也”的感喟。

在穷措大眼里，九五之尊，乐不可支。但是试起古今中外的皇帝于地下，问他们一生中是否全是快乐，答案恐怕相当复杂。西班牙国王拉曼三世（Abder Rahman Ⅲ，960）说过这么一段话：

> 我于胜利与和平之中统治全国约五十年，为臣民所爱戴，为敌人所畏惧，为盟友所尊敬。财富与荣誉，权力与享受，呼之即来，人世间的福祉，从不缺乏。在这情形之中，我曾勤加计算，我一生中纯粹的真正幸福日子，总共仅有十四天。

御宇五十年，仅得十四天真正幸福日子。我相信他的话，宸谟睿略，日理万机，很可能不如闲云野鹤之怡然自得。于此我又想起从一本英语教科书上读到的一篇寓言，题目是《一个快乐人的衬衫》。某国王，端居大内，郁郁寡欢，虽极耳目声色之娱，而王终不乐。左右纷纷献计，有一位大臣言道：如果在国内找到一位快乐的人，把他的衬衫脱下来，给国王穿上，国王就会快乐。王韪其言，于是使者四处寻找快乐的人，访遍了朝廷显要，朱门豪家，人人都有心事，家家都有一本难念的经，都不快乐。最后找到一位农夫，他耕罢在树下乘凉，裸着上身，大汗淋漓。使者问他：“你快乐么？”农夫说：“我自食其力，无忧无虑！快乐极了！”使者大喜，便索取他的衬衣。农夫说：“哎呀！我没有衬衣。”这位农夫颇似我们的禅门之“一丝不挂”。

常言道，“境由心生”，又说“心本无生因境有”。总之，快乐是一种心理状态。内心湛然，则无往而不乐。吃饭睡觉，稀松平常之事，但是其中大有道理。大珠《顿悟入道要门论》：

“有源律师来问：‘和尚修道，还用功否？’师曰：‘用功。’曰：‘如何用功？’师曰：‘饥来吃饭，困来即眠。’曰：‘一切人总如是，同师用功否？’师曰：‘不同。’曰：‘何故不同？’师曰：‘他吃饭时不肯吃饭，百种须索，睡时不肯睡，千般计较。所以不同也。’律师杜口。”

可是修行到心无挂碍，却不是容易事。我认识一位唯心论的学者，平素昌言意志自由，忽然被人绑架，系于暗室十有余日，备受凌辱，释出后他对我说：“意志自由固然不诬，但是如今我才知道身体自由更为重要。”常听人说烦恼即菩提，我们凡人遇到烦恼只是深感烦恼，不见菩提。

快乐是在心里，不假外求，求即往往不得，转为烦恼。叔本华的哲学是：苦痛乃积极的实在的东西，幸福快乐乃消极的根本不存在的东西。所谓快乐幸福乃是解除苦痛之谓，没有苦痛便是幸福。再进一步看，没有苦痛在先，便没有幸福在后。梁任公先生曾说：“人生最快乐的事，莫过于看着一件工作的完成。”在工作过程之中，有苦恼也有快乐，等到大功告成，那一份“如愿以偿”的快乐便是至高无上的幸福了。

有时候，只要把心胸敞开，快乐也会逼人而来。这个世界，这个人生，有其丑恶的一面，也有其光明的一面。良辰美景，赏心乐事，随处皆是。智者乐水，仁者乐山。雨有雨的趣，晴有晴的妙，小鸟跳跃啄食，猫狗饱食酣睡，哪一样不令人看了觉得快乐？就是在路上，在商店里，在机关里，偶尔遇到一张笑容可掬的脸，能不令人快乐半天？有一回我住进医院里，僵卧了十几天，病愈出院，刚迈出大门，陡见日丽中天，阳光普照，照得我睁不开眼，又见市廛熙攘，光怪陆离，我不由得从心里欢叫起来：“好一个艳丽盛装的世界！”

“幸遇三杯酒好，况逢一朵花新。”我们应该快乐。

脸谱

这样的脸能使满室生春，带给人们兴奋、光明、调谐、希望、欢欣。

我要说的脸谱不是旧剧里的所谓“整脸”“碎脸”“三块瓦”之类，也不是麻衣相法里所谓观人八法“威、厚、清、古、孤、薄、恶、俗”之类。我要谈的脸谱乃是每天都要映入我们眼帘的形形色色的活人的脸。旧戏脸谱和麻衣相法的脸谱，乃是一些聪明人从无数活人脸中归纳出来的几个类型公式，都是第二手的资料，可以不管。

古人云：“人心不同，各如其面。”那意思承认人面不同是不成问题的。我们不能不叹服人类创造者的技巧的神奇，差不多的五官七窍，但是部位配合，变化无穷，比七巧板复杂多了。对于什么事都讲究“统一”“标准化”

的人，看见人的脸如此复杂离奇，恐怕也无法训练改造，只好由它自然发展罢。假使每一个人的脸都像是从一个模子里翻出来的，一律的浓眉大眼，一律的虎额隆隼，在排起队来检阅的时候固然甚为壮观整齐，但不便之处必定太多，那是不可想象的。

人的脸究竟是同中有异，异中有同，否则也就无所谓谱。就粗浅的经验说，人的脸大别为二种，一种是令人愉快的，一种是令人不愉快的。凡是常态的、健康的、活泼的脸，都是令人愉快的，这样的脸并不多见。令人不愉快的脸，心里有一点或很多不痛快的事，很自然地把脸拉长一尺，或是罩上一层阴霾，但是这张脸立刻形成人与人之间的隔阂，立刻把这周围的气氛变得阴沉。假如，在可能范围之内，努力把脸上的筋肉松弛一下，嘴角上挂出一个微笑，自己费力不多，而给予人的快感甚大，可以使得这人生更值得留恋一些。我永不能忘记那永长不大的孩子潘彼得，他嘴角上永远挂着一颗微笑，那是永恒的象征。一个成年人若是完全保持一张孩子脸，那也并不是理想的事，除了给“婴儿自己药片”做商标之外，也不见得有什么用处。不过赤子之天真，如在脸上还保留一点痕迹，这张脸对于人类的幸福就是有贡献的。

令人愉快的脸，其本身是愉快的，这与老幼妍媸无关。丑一点，黑一点，下巴长一点，鼻梁塌一点，都没有关系，只要上面漾着充沛的活力，便能辐射出神奇的光彩，不但有光，还有热。这样的脸能使满室生春，带给人们兴奋、光明、调谐、希望、欢欣。一张眉清目秀的脸，如果恹恹无生气，我们也只好当作石膏像来看待了。

我觉得那是一个很好的游戏：早起出门，留心观察眼前活动的脸，看看其中有多少类型，有几张使你看了一眼之后还想再看？

不要以为一个人只有一张脸。女人不必说，常常“上帝给她一张脸，她自己另造一张”。不涂脂粉的男人的脸，也有“卷帘”一格，外面摆着一副面孔，在适当的时候呱嗒一声如帘子一般卷起，另露出一副面孔。《杰克博士与海德先生》（*Dr. Jekyll and Mr. Hyde*），那不是寓言。误入仕途的人往往养成这一套本领。对下司道貌岸然，或是面部无表情，像一张白纸似的，使你无从观色，莫测高深；或是面皮绷得像一张皮鼓，脸拉得驴般长，使你在他面前觉得矮好几尺！但是他一旦见到上司，驴脸得立刻缩短，再往瘪里一缩，马上变成柿饼脸，堆下笑容，直线条全弯成曲线条；如果见到更高的上司，连笑容都凝结得堆不下来，未开言嘴唇要抖上好大一阵，脸上作出十足的诚惶诚恐之状。帘子脸是傲下媚上的主要工具，对于某一种人是少不得的。

不要以为脸和身体其他部分一样受之父母，自己负不得责。不，在相当范围内，自己可以负责的。大概人的脸生来都是和善的，因为从婴儿的脸看来，不必一定都是颜如渥丹，但是大概都是天真无邪，令人看了喜欢的。我还没见过一个孩子带着一副不得善终的脸。脸都是后来自己作践坏了的。人们多半不体会自己的脸对于别人发生多大的影响。脸是到处都有的。在送殡的行列中偶然发现的哭丧脸，作讣闻纸色，眼睛肿得桃儿似的，固然难看；一行行的囚首垢面的人，如稻草人，如丧家犬，脸上作黄蜡色，像是才从牢狱里出来，又像是要到牢狱里去，凸着两只没有神的大眼睛，看着也令人心酸；还有一大群心地不够薄、脸皮不够厚的人，满脸泛着平价米色，嘴角上也许还沾着一点平价油，身上穿着一件平价布，一脸的愁苦，没有一丝笑容，这样的脸是颇令人不快的。但是这些贫病愁苦的脸还不算是最令人不愉快，因为只是消极得令人心里堵得慌，而且稍微增加一些营养（如肉糜之类）或改善一些环境，脸上的神情还可以渐渐恢复常态。最令人不快的是一些本来吃得饱、睡得着、红光满面的脸，偏偏带着一股肃杀之气，冷森森地拒人千里之外，看你的时候眼皮都不抬，嘴撇得瓢儿似的，冷不防抬起眼皮给你一个白眼，黑眼球不知翻到哪里去了，脖梗子发硬，脑壳朝天，眉头皱出好几道熨斗都熨不平的深沟——这样的神情最容易在官办的业务机关的柜台后面出现。遇见这样的人，我就觉到惶惑：这个人是不是昨天赌了一夜以致睡眠不足，或是接连着腹泻三天，或是新近遭遇了什么闵凶，否则何以乖戾至此，连一张脸的常态都不能维持了呢？

年龄

人到了迟暮，如石火风灯，命在须臾，但是仍不喜欢别人预言他的大限。

从前看人作序，或是题画，或是写匾，在署名的时候往往特别注明“时年七十有二”、“时年八十有五”或是“时年九十有三”，我就肃然起敬。春秋时人荣启期以为行年九十是人生一乐，我想拥有一大把年纪的人大概是有一种可以在人前夸耀的乐趣。只是当时我离那耄耋之年还差一大截子，不知自己何年何月才有资格在署名的时候也写上年龄。我揣想署名之际写上自己的年龄，那时心情必定是扬扬得意，好像是在宣告：“小子们，你们这些黄口小儿，乳臭未干，虽然幸离襁褓，能否达到老夫这样的年龄恐怕尚未可知哩。”须知得意不可忘形，在夸示高龄的时候，未来的岁月已所余无几了。俗语有一句话说：“棺材是装死人的，不是装老人的。”话是不错，不过你试把棺盖揭开看看，里面躺着的究竟是以老年人为多。年轻的人将来的岁月尚多，所以我们称他为富于年。人生以年龄计算，多活一年即是少了一年，人到了年促之时，何可夸之有？我现在不复年轻，看人署名附带声明时年若干若干，不再有艳羡之情了。倒是看了富于年的英俊，有时不胜羡慕之至。

裸子植物和双子叶植物，其茎部的细胞因春夏成长秋冬停顿之故而形成所谓年轮，我们可以从而测知其年龄。人没有年轮，而且也不便横切开来察验。人年纪大了常自谦为马齿徒增，也没有人掰开他的嘴巴去看他的牙齿。眼角生出鱼尾纹，脸上遍洒黑斑点，都不一定是老朽的征象。头发的黑白更不足为凭。有人春秋鼎盛而已皓首皤皤。有人已到黄耇之年而顶上犹有“不白之冤”，这都是习见之事。不过，岁月不饶人，冒充少年究竟不是容易事。地心的吸力谁也抵抗不住。脸上、颈上、腰上、踝上，连皮带肉地往下坠，虽不至于“载跋其胡”，那副龙钟的样子是瞒不了人的。别的部分还可以遮盖起来，面部经常暴露在外，经过几番风雨，多少回风霜，总会留下一些痕迹。

好像有些女人对于脸上的情况较为敏感。眼窝底下挂着两个泡囊，其状实在不雅，必剔除其中的脂肪而后快。两颊松懈，一条条的沟痕直垂到脖子上，下巴底下更是一层层的皮肉堆累，那就只好开刀，把整张的脸皮揪扯上去，像国剧一些演员化装那样，眉毛眼睛一齐上挑，两腮变得较为光滑平坦，皱纹似乎全不见了。此之谓美容、整容，俗称之为拉皮。行拉皮手术的人，都秘不告人，而且讳言其事。所以在饮宴席上，如有面无皱纹的年高名婆在座，不妨含混地称赞她驻颜有术，但是在点菜的时候不宜高声地要鸡丝拉皮。

其实自古以来也有不少男士热衷于驻颜。南朝宋颜延之《庭诰文》："炼形之家，必就深旷，反飞灵，糇丹石，粒芝精，所以还年却老，延华驻彩。"道家炼形养元，可以尸解升天，岂止延华驻采？这都是一些姑妄言之的神话。贵为天子的人才纯真的想要还年却老，千方百计地求那不老的仙丹。看来只有晋孝武帝比较通达事理，他饮酒举杯属长星（即彗星）："长星，劝尔一杯酒，自古何时有万岁天子？"可是一般的天子或近似天子的人都喜欢听人嵩呼万岁无疆！

除了将要诹吉纳采交换庚帖，对于别人的真实年龄根本没有多加探讨的必要。但是我们的习俗，于请教“贵姓”“大名”“府上”之后，有时就会问起“贵庚”“高寿”。有人问我多大年纪，我据实相告“七十八岁了”。他把我上下打量，摇摇头说：“不像，不像，很健康的样子，顶多五十。”好像他比我自己知道得更清楚。那是言不由衷的恭维话，我知道，但是他有意无意地提醒了我刚忘记了的人生四苦。能不能不提年龄，说一些别的，如今天天气之类？

女人的年龄是一大禁忌，不许别人问的。有一位女士很旷达，人问其芳龄，她据实以告：“三十以上，八十以下。”其实人的年龄不大容易隐秘，下一番考证功夫，就能找出线索，虽不中亦不远矣。这样做，除了满足好奇心以，没有多少意义。可是人就是好奇。有一位男士在咖啡厅里邂逅一位女士，在暗暗的灯光之下他实在摸不清对方的年龄，他用臂肘触了我一下，偷偷地在桌下伸出一只巴掌，戟张着五指，低声问我有没有这个数目。我吓了一跳，以为他要借五万块钱，原来他是打听对方芳龄有无半百。我用四个字回答他：“干卿底事？”有一位道行很高的和尚，涅槃的时候据说有一百好几十岁，考证起来聚讼纷纷。据我看，估量女士的年龄不妨从宽，七折八折优待。计算高僧的年龄也不妨从宽，多加三成五成。

人到了迟暮，如石火风灯，命在须臾，但是仍不喜欢别人预言他的大限。丘吉尔八十岁过生日，一位冒失的新闻记者有意讨好地说："丘吉尔先生，我今天非常高兴，希望我能再来参加你的九十岁的生日宴。"丘吉尔耸了一下眉毛说："小伙子，我看你身体蛮健康的，没有理由不能来参加我九十岁的宴会。"胡适之先生素来善于言辞，有时也不免说溜了嘴，他六十八岁的时候来台湾，有一次欢宴中遇到长他十几岁的齐如山先生，没话找话地说："齐先生，我看你活到九十岁绝无问题。"齐先生愣了一下说："我倒有个故事，有一位矍铄老叟，人家恭维他可以活到一百岁，老叟愤然作色曰：'我又不吃你的饭，你为什么限制我的寿数？'"胡先生急忙道歉："我说错了话。"

退休

理想的退休生活就是真正的退休，完全摆脱赖以餬口的职务，做自己衷心所愿意做的事。

退休的制度，我们古已有之。《礼记·曲礼》：“大夫七十而致事。”致事就是致仕，言致其所掌之事于君而告老，也就是我们如今所谓的退休。礼，应该遵守，不过也有人觉得未尝不可不遵守。“礼岂为我辈设哉？”尤其是七十的人，随心所欲不逾矩，好像是大可为所欲为。普通七十的人，多少总有些昏聩，不过也有不少得天独厚的幸运儿，耄耋之年依然矍铄，犹能开会剪彩，必欲令其退休，未免有违笃念勋耆之至意。年轻的一辈，劝我们少安毋躁，棒子早晚会交出来，不要抱怨“我在，久压公等”也。

该退休而不退休，这种风气好像我们也是古已有之。白居易有一首诗《不致仕》：

七十而致仕，礼法有明文。
何乃贪荣者，斯言如不闻？
可怜八九十，齿堕双眸昏。
朝露贪名利，夕阳忧子孙。
挂冠顾翠緌，悬车惜朱轮。
金章腰不胜，伛偻入君门。
谁不爱富贵？谁不恋君恩？
年高须告老，名遂合退身。
少时共嗤诮，晚岁多因循。
贤哉汉二疏，彼独是何人？
寂寞东门路，无人继去尘！

汉朝的疏广及其兄子疏受位至太子太傅少傅，同时致仕，当时的“公卿大夫故人邑子，设祖道供张东都门外，送者车数百辆。辞决而去。道路观者皆曰：‘贤哉二大夫！’或叹息为之下泣”。这就是白居易所谓的“汉二疏”。乞骸骨居然造成这样的轰动，可见这不是常见的事，常见的是“伛偻入君门”的“爱富贵”“恋君恩”的人。白居易“无人继去尘”之叹，也说明了二疏的故事以后没有重演过。

从前读书人十载寒窗，所指望的就是有一朝能春风得意，纡青拖紫，那时节踌躇满志，纵然案牍劳形，以至于龙钟老朽，仍难免有恋栈之情，谁舍得随随便便地就挂冠悬车？真正老骥伏枥志在千里的人是少而又少的，大部分还不是舍不得放弃那五斗米、千钟禄、万石食？无官一身轻的道理是人人知道的，但是身轻之后，囊橐也跟着要轻，那就诸多不便了。何况一旦投闲置散，一呼百诺的烜赫的声势固然不可复得，甚至于进入了“出无车”的状态，变成了匹夫徒步之士，在街头巷尾低着头逡巡疾走不敢见人，那情形有多么惨。一向由庶务人员自动供应的冬季炭盆所需的白炭，四时陈设的花卉盆景，乃至于琐屑如卫生纸，不消说都要突告来源断绝，那又情何以堪？所以一个人要想致仕，不能不三思，三思之后恐怕还是一动不如一静了。

如今退休制度不限于仕宦一途，坐拥皋比的人到了粉笔屑快要塞满他的气管的时候也要引退。不一定是怕他春风风人之际忽然一口气上不来，是要他腾出位子给别人尝尝人之患的滋味。在一般人心目中，冷板凳本来没有什么可留恋的，平素吃不饱饿不死，但是申请退休的人一旦公开表明要撤绛帐，他的亲戚朋友会一窝蜂地皇皇然，戚戚然，几乎要垂泣而道地劝告说他：“何必退休？你的头发还没有白多少，你的脊背还没有弯，你的两手也不哆嗦，你的两脚也还能走路……”言外之意好像是等到你头发全部雪白，腰弯得像是“？”一样，患上了帕金森症，走路就地擦，那时候再申请退休也还不迟。是的，是有人到了易箦之际，朋友们才急急忙忙地为他赶办退休手续，生怕公文尚在旅行而他老先生沉不住气，弄到无休可退，那就只好鼎惠恳辞了。更有一些知心的抱有远见的朋友们，会慷慨陈词：“千万不可退休，退休之后的生活是一片空虚，那时候闲居无聊，闷得发慌，终日彷徨，悒悒寡欢……”把退休后的生活形容得如此凄凉，不是没有原因的，因为平素上班是以“喝喝茶，签签到，聊聊天，看看报”为主，一旦失去喝茶签到聊天看报的场所，那是会要感觉到无比的枯寂的。

理想的退休生活就是真正的退休，完全摆脱赖以糊口的职务，做自己衷心所愿意做的事。有人八十岁才开始学画，也有人五十岁才开始写小说，都有惊人的成就。

“狗永远不会老得到了不能学新把戏的地步。”何以人而不如狗乎？退休不一定要远离尘嚣，遁迹山林，也无须大隐藏人海，杜门谢客——一个人真正的退休之后，门前自然车马稀。如果已经退休的人仍然被认为有剩余价值，那就苦了。

说胖

"心广体胖"还算是很客气的说法，若不客气地说，就是滓秽蕴积，就是俗。

第三十二期《宇宙风》有《文学作家中的胖子》一文，署名为上官碧，其中有一段是说我的：

有人在某种刊物上说：北大教授梁实秋先生像个"老板"；以为教书神气像，划拳神气更像。穿的衣服本来和别人用的材料差不多，到他身上好像就光亮不同，说的话本来和别人是同一问题，到他口上好像就意义不同。这种描写当然不大确实。梁先生原籍虽是浙江，其实北京人的成分倒比较重。饭酒食肉的洪量不必说，只看看他译莎士比亚就可以知道。北方人照例是爽直而坦白的，梁先生译莎士比亚戏剧用的就是这种可爱态度。因为剧本是韵文，不易译，译来又不易懂，梁先生就直爽坦白地用普通语体文译它。此外他论诗时也仿佛是一个北京人，“明白易懂”是他认为理想的好诗。

这一段话不管说得对不对，总是因为我胖，所以才被人编排在“文学作家中的胖子”之列，虽然我知道我压根儿就不是“文学作家”。一个文学作家，第一得“作”，第二得成“家”，我是不够这资格的，这个称呼该给更适当的人。至于“胖子”，则胖瘦之间原无明显的界限，似乎鲁迅先生在论"第三种人"时说过这话：一个人非胖即瘦，非瘦即胖，处在之间的人也是或近于胖或近于瘦。这样说来，我被列入“胖子”一类也是无可分辩的。不过若说我译莎士比亚用散文，并且以“明白易懂”为“理想的好诗”，都是因为我有较重的“北京人的成分”，这点道理可有点奥妙，可怜我是北京人，我不大懂了。用散文译莎士比亚，在这个世界上，我不是第一个人。法文里有散文译本，德文里也有散文译本。坪内逍遥的译本我没有见过，是不是散文我不知道。北京人成分不重的田汉先生，他译的莎士比亚也是散文的。用散文译莎士比亚是否合适，是一个可以讨论的问题，但是与我的籍贯似乎不见得有什么关系。至于说我以“明白易懂”为“理想的好诗”，则我真真不服，我从来没说过这样的话，我就是再胖些也不会说出这样的话。

胖是一种病，瘦也是一种病，所以最好还是不胖不瘦的做一个鲁迅先生所认为不存在的"第三种人"。假如做“第三种人”是不可能，那么也是以近于瘦比近于胖要好得多。何以呢？近于胖，则俗；近于瘦，则雅。一个文人，一个作家，总宜于瘦；一胖起来就觉得不称，就大可以加以检举引为谈料。李白有诗嘲杜甫：“饭颗山头逢杜甫，头戴笠子日卓午。借问如何太瘦生，总为从前作诗苦。”李白大概是近于胖，所以才这样说。黄山谷《和文潜》诗：“张侯哦诗松韵寒，六月火云蒸肉山。”这是拿胖人取笑的。传统的正规的文人相，是应该清癯纤瘦弱不胜衣的。《说苑》：“瘦公造周伯仁，周曰：‘君子何欣说而忽肥？’瘦曰：‘君复何所忧惨而忽瘦？’伯仁曰：‘吾无所忧，直是清虚，日来滓秽日去耳。’”“心广体胖”还算是很客气的说法，若不客气地说，就是滓秽壅积，就是俗。

有些人，我们希望他是个瘦子，见了面他偏偏是个胖子，这时候我们心里不免就要泛起一种又惊异又失望的情绪，觉得是煞风景，扫兴！富贵中人应该是丰颐广额了，然而也不尽然，在历史上，司马温公便是著名的枯瘦，做“老板”的人也大有面如削瓜的。这虽然是例外，然而也就证明了一件事，人之胖瘦，往往不由自主地惹看者扫兴憾望，这实在是大大的遗憾。即以想象中的人物而论，就说我用散文译的那个莎士比亚罢，他的作品中的人物如孚尔斯塔夫是个胖子，这是大家都满意的，不胖怎能显得痴蠢？但是哈姆雷特就应该是近于清癯一类才对劲儿，然而呢，莎士比亚却把他写成一个胖子，他斗剑的时候，他的母亲不是说他爱喘、爱出汗吗？说起来也巧，莎士比亚的伙伴，担任扮演哈姆雷特的白贝芝也是个胖子。有人说，就因为这位演员胖，所以哈姆雷特才被写成为胖。这也许是真的，然而多么不合乎我们的想象呀！

从健康上着想，胖是应该设法治疗的。“饮酒食肉”是致胖的原因之一，但素食戒酒也不一定就是特效的治疗法。若为了欲求免俗而设法去胖，我以为是大可不必的。俗而胖，与俗而瘦，二者之间若要我选一个，我宁愿俗而胖，不愿俗而瘦，因为反正都是俗，与其外表风雅而内心俗陋，还不如里外如一的俗！

穷

和穷挣扎的一生，无论胜利或失败，都是惨。

人生下来就是穷的，除了带来一口奶，赤条条的，一无所有，谁手里也没有握着两个钱。再稍稍长大一点，阶级渐渐显露，有的是金枝玉叶，有的是“杂和面口袋”。但是就大体而论，还是泥巴里打滚、袖口上抹鼻涕的居多。儿童玩具本是少得可怜，而大概其中总还免不了一具“扑满”，瓦做的，像是陶器时代的出品，大的小的挂绿釉的都有，间或也有形如保险箱，有铁制的。这种玩具的用意就是警告孩子们，有钱要积蓄起来，免得在饥荒的时候受穷，穷的阴影在这时候就已罩住了我们！好容易过年赚来几块压岁钱，都被骗弄丢在里面了，丢进去就后悔，想从缝里倒出是万难，用小刀拨也是枉然。积蓄是稍微有一点，穷还是穷。而且事实证明，凡是积在扑满里的钱，除了自己早早下手摔破的，大概后来就不知怎样就没有了，很少能在日后发生什么救苦救难的功效。等到再稍稍长大一点，用钱的欲望更大，看见什么都要流涎，手里偏偏是空空如也，那时候真想来一个“十月革命”。就是富家子也是一样，尽管是绮襦纨绔，他还是恨继承开始得太晚。这时候他最感觉穷，虽然他还没认识穷。人在成年之后，开始面对着糊口问题，不但糊自己的口，还要糊附属人员的口。如果脸皮欠厚心地欠薄，再加上祖上是“忠厚传家诗书继世”的话，他这一生就休想能离开穷的掌握。人的一生，就是和穷挣扎的历史。和穷挣扎的一生，无论胜利或失败，都是惨。能不和穷挣扎，或于挣扎之余还有点闲工夫做些别的事，那人是有福了。

所谓穷，也是比较而言。有人天天喊穷，不是今天透支，就是明天举债，数目大得都惊人，然后指着身上衣服的一块补丁或是皮鞋上的一条小小裂缝作为他穷的铁证。这是寓阔于穷，文章中的反衬法。也有人量入为出，温饱无虞，可是又担心他的孩子将来自费留学的经费没有着落，于是于自我麻醉中陷入穷的心理状态。若是西装裤的后方越磨越薄，由薄而破，由破而织，由织而补上一大块布，细针密缝，老远地看上去像是一个圆圆的箭靶，（说也奇怪，人穷是先从裤子破起！）那么，这个人可是真有些近于穷了。但是也不然，穷无止境。“大雪纷纷落，我住柴火垛，看你们穷人怎么过！”穷人眼里还有更穷的人。

穷也有好处。在优裕环境里生活着的人，外加的装饰与铺排太多，可以把他的本来面目掩饰无遗，不但别人认不清他的真面目，往往对他发生误会（多半往好的方面误会），就是自己也容易忘记自己是谁。穷人则不然，他的褴褛的衣裳等于是开着许多窗户，可以令人窥见他的内容，他的荜门蓬户，尽管是穷气冒三尺，却容易令人发现里面有一个人。人越穷，越靠他本身的成色，其中毫无夹带藏掖。人穷还可落个清闲，既少“车马驻江干”，更不会有人来求谋事，讣闻请柬都不会常常上门，他的时间是他自己的。穷人的心是赤裸的，和别的穷人之间没有隔阂，所以穷人才最慷慨。金错囊中所余无几，买房置地都不够，反正是吃不饱饿不死，落得来个爽快，求片刻的快意，此之谓“穷大手”。我们看见过富家弟兄析产的时候把一张八仙桌子劈开成两半，不曾看见两个穷人抢食半盂残羹剩饭。

穷时受人白眼是件常事，狗不也是专爱对着鹑衣百结的人汪汪吗？人穷则颈易缩，肩易耸，头易垂，须发许是长得特别快，擦着墙边逡巡而过，不是贼也像是贼，以这种姿态出现，到处受窘。所以人穷则往往自然地有一种抵抗力出现，是名曰：酸。穷一经酸化，便不复是怕见人的东西。别看我衣履不整，我本来不以衣履见长！人和衣服架子本来是应该有分别的；别看我囊中羞涩，我有所不取；别看我落魄无聊，我有所不为。这样一想，一股浩然之气火辣辣地从丹田升起，腰板自然挺直，胸膛自然凸出，徘徊啸傲，无往不宜。在别人的眼里，他是一块茅厕砖——臭而且硬，可是，人穷而不志短者以此，布衣之士而可以傲王侯者亦以此，所以穷酸亦不可厚非，他不得不如此，穷若没有酸支持着，它不能持久。

扬雄有逐贫之赋，韩愈有送穷之文，理直气壮地要与贫穷绝缘，反倒被穷鬼说服，改容谢过肃之上座，这也是酸极一种变化。贫而能逐，穷而能送，何乐而不为？逐也逐不掉，送也送不走，只好硬着头皮甘与穷鬼为伍。穷不是罪过，但也究竟不是美德，值不得夸耀，更不足以傲人。典型的穷人该是颜回，一箪食，一瓢饮，在陋巷，不改其乐。不改其乐当然是很好，箪食瓢饮究竟不大好，营养不足，所以颜回活到三十二岁短命死矣。孔子所说“饭疏食饮水，曲肱而枕之，乐亦在其中矣”，譬喻则可，当真如此就嫌其不大卫生。

送行

你走，我不送你，你来，无论多大风多大雨，我要去接你。

“黯然销魂者，惟别而已矣。”遥想古人送别，也是一种雅人深致。古时交通不便，一去不知多久，再见不知何年，所以南浦唱支骊歌，灞桥折条杨柳，甚至在阳关敬一杯酒，都有意味。李白的船刚要启碇，汪伦老远地在岸上踏歌而来，那幅情景真是历历如在目前。其妙处在于淳朴真挚，出之以潇洒自然。平素莫逆于心，临别难分难舍。如果平常我看着你面目可憎，你觉得我语言无味，一旦远离，那是最好不过，只恨世界太小，唯恐将来又要碰头，何必送行？

在现代人的生活里，送行是和拜寿送殡等等一样地成为应酬的礼节之一。“揪着公鸡尾巴”起个大早，迷迷糊糊地赶到车站码头，挤在乱哄哄人群里面，找到你的对象，扯几句淡话，好容易耗到汽笛一叫，然后鸟作兽散，吐一口轻松气，撅着大嘴回家。这叫作周到。在被送的那一方面，觉得热闹，人缘好，没白混，而且体面，有这么多人舍不得我走，斜眼看着旁边的没人送的旅客，相形之下，尤其容易起一种优越之感，不禁精神抖擞，恨不得对每一个送行的人要握八次手，道十回谢。死人出殡，都讲究要有多少亲友执绋，表示恋恋不舍，何况活人？行色不可不壮。

悄然而行似是不大舒服，如果别的旅客在你身旁耀武扬威地与送行的话别，那会增加旅中的寂寞。这种情形，中外皆然。马克思·比尔博姆（Max Beerbohm）写过一篇《谈送行》。他说他在车站上遇见一位以演剧为业的老朋友在送一位女客，始而喁喁情话，俄而泪湿双颊，终乃汽笛一声，勉强抑止哽咽，向女郎频频挥手，目送良久而别。原来这位演员是在做戏，他并不认识那位女郎，他是属于“送行会”的一个职员，凡是旅客孤身在外而愿有人到站相送的，都可以到“送行会”去雇人来送。这位演员出身的人当然是送行的高手，他能放进感情，表演逼真。客人纳费无多，在精神上受惠不浅。尤其是美国旅客，用金钱在国外可以购买一切，如果“送行会”真的普遍设立起来，送行的人也不虞缺乏了。

送行既是人生中所不可少的一桩事，送行的技术也便不可不注意到。如果送行只限于到车站码头报到，握手而别，那么问题就简单，但是我们中国的一切礼节都把“吃”列为最重要的一个项目。一个朋友远别，生怕他饿着走，饯行是不可少的，恨不得把若干天的营养都一次囤积在他肚里。我想任何人都有这种经验，如有远行而消息外露（多半还是自己宣扬的），他有理由期望着饯行的帖子纷至沓来，短期间家里可以不必开伙。还有些思虑更周到的人，把食物携在手上，亲自送到车上船上，好像是你在半路上要挨饿的样子。

我永远不能忘记最悲惨的一幕送行。一个严寒的冬夜，车站上并不热闹，客人和送客的人大都在车厢里取暖，但是在长得没有止境的月台上却有黑压压的一堆送行的人，有的围着斗篷，有的戴着风帽，有的脚尖在洋灰地上敲鼓似的乱动，我走近一看全是熟人，都是来送一位太太的。车快开了，不见她的踪影，原来在这一晚她还有几处饯行的宴会。在最后的一分钟，她来了。送行的人们觉得是在接一个人，不是在送一个人，一见她来到大家都表示喜欢，所有惜别之意都来不及表现了。她手上抱着一个孩子，吓得直哭。另一只手扯着一个孩子，连跑带拖，她的头发蓬松着，嘴里喷着热气像是冬天载重的骡子，她顾不得和送行的人周旋，三步两步地就跳上了车。这时候门已在蠕动。送行的人大部分都手里提着一点东西，无法交付，可巧我站在离车门最近的地方，大家把礼物都交给了我，“请您偏劳给送上去吧！”我好像是一个圣诞老人，抱着一大堆礼物，我一个箭步窜上了车，我来不及致辞，把东西往她身上一扔，回头就走，从车上跳下来的时候，打了几个转才立定脚跟。事后我接到她一封信，她说：

那些送行的都是谁？你丢给我那一堆东西，到底是谁送的？我在车上整理了好半天，才把那堆东西聚拢起来打成一个大包袱。朋友们的盛情算是给我添了一件行李。我愿意知道哪一件东西是哪一位送的，你既是代表送上车的，你当然知道，盼速见告。

计开

水果三筐，泰康罐头四个，果露两瓶，蜜饯四盒，饼干四罐，豆腐乳四罐，蛋糕四盒，西点八盒，纸烟八听，信纸信封一匣，丝袜两双，香水一瓶，烟灰碟一套，小钟一具，衣料两块，酱菜四篓，绣花拖鞋一双，大面包四个，咖啡一听，小宝剑两把……

这问题我无法答复，至今是个悬案。

我不愿送人，亦不愿人送我，对于自己真正舍不得离开的人，离别的那一刹像是开刀。凡是开刀的场合照例是应该先用麻醉剂，使病人在迷蒙中度过那场痛苦，所以离别的苦痛最好避免。一个朋友说："你走，我不送你，你来，无论多大风多大雨，我要去接你。"我最赏识那种心情。

结婚典礼

假如人生本来像戏，结婚典礼便似“戏中戏”，越隆重越像。

结婚这件事，只要成年的一男一女两相情愿就成，并不需要而且不可以有第三者的参加。但是《民法》第八百九十二条规定要有公开仪式，再加上社会的陋俗（大部分似“野蛮的遗留”），以及爱受洋罪者的参酌西法，遂形成了近年来通行于中上阶级之所谓结婚典礼，又名“文明结婚”，犹戏中之有“文明新戏”。婚姻大事，不可潦草。单凭父母之命媒妁之言就把一对无辜男女捏合起来，这不叫作潦草；只因一时冲动而遂盲目地订下偕老之约，这也不叫潦草；唯有不请亲戚朋友街坊四邻来胡吃乱叫，或不当众提出结婚人来验明正身，则谓之曰潦草，又名不隆重。假如人生本来像戏，结婚典礼便似“戏中戏”，越隆重越像。这出戏订期开演，先贴海报，风雨无阻，“撒网”敛钱，鼎惠不辞；届时悬灯结彩，到处猩红；在音乐方面则或用乞丐兼任的吹鼓手，或用卖仁丹游街或绸缎店大减价的铜乐队，或钢琴或风琴或口琴；少不了的是与演员打成一片的广大观众，内中包括该回家去养老的，该寻正当娱乐的，该受别种社会教育以及平时就该摄取营养的…… 演员的服装，或买或借或赁，常见的是蓝袍马褂及与环境全然不调和的一身西装大礼服，高冠燕尾，还有那短得像一件斗篷而还特烦两位小朋友牵着的那一橛子粉红纱！那出戏的尾声是，主人的腿子累得发麻，客人醉翻三五辈，门外的车夫一片叫嚣。评剧家曰：“很热闹！”

这戏的开始照例是证婚人致辞。证婚人照例是新郎的上司，或新娘家中比较拿出来最像样的贵戚。他的身份等于“跳加官”，但他自己不知道，常常误会他是在做主席，或是在礼堂里的牧师，因此他的职务成为善颂善祷，和那些在门口高叫“正念喜，抬头观，空中来了福禄寿三仙……”的叫花子是异曲而同工！他若是身通“国学”，诗云子曰的一来，那就不得了了，在讲易筋阴阳乾坤的时候，牵纱的小朋友们就非坐地上不可，而在人从后面伸长颈子的那位客人，一定也会把其颈项慢慢缩回去了。我们应该容忍他，让他毕其词，甚而至于违着良心地报之以稀稀拉拉的掌声。放心，他将得意不了几次！

介绍人要是两个，仿佛从前的一男媒一女媒，其实是为站在证婚人身旁时一边一个，较有对称之美。介绍人宜于是面团团，一团和气，谁见了他都会被他撮合似的。所以常害胃病的，专吃平价米的都不该入选。许多荣任介绍人的常喜欢当众宣布他们只是名义上的介绍人，新郎新娘是早已就……好像是生恐将来打离婚官司时要受连累，所以特先自首似的。其实是他多虑。所谓介绍，是指介绍结婚，这是婚书上写得明明白白的，并不曾要他介绍新郎新娘认识或恋爱，所以以前的因误会而恋爱和以后的因失望而反目，其责任他原是不负的。从前俗语说，“新娘搀上床，媒人扔过墙”，现在的介绍人则毋须等待新娘上床便已解除职务了。

新郎新娘的“台步”是值得注意的，从这里可以看出导演者的手法，新郎应该像一只木鸡，由两个傧相挟之而至；应该脸上微露苦相，好像做下什么坏事现在败露了要受裁判的样子，这才和身份相称。新娘走出来要像蜗牛，要像日移花影，只见她的位置移动，而不见她行走，头要垂下来，但又不可太垂，要表示出头和颈子还是连着的，扶着两个煞费苦心才寻到的不比自己美的傧相，随着一派乐声，在众目睽睽之下，由大家尽量端详。礼毕，新娘要准备迎接一阵“天雨粟”，也有羼杂粮的，也有带干果的，像冰雹似的没头没脸地打过来。有在额角上被命中一颗核桃的，登时皮肉隆起如舍利子。如果有人扫拢来，无疑地可以熬一大锅腊八粥。还有人抛掷彩色纸条，想把新娘做成一个茧子。客人对于新娘的种种行为，由品头论足以至大闹洞房，其实在刑法上都可以构成诽谤、侮辱、伤害、侵入私宅和有伤风化等罪名的，但是在隆重的结婚典礼里，这些丑态是属于“撑场面”一类，应该容许！

曾经有人把结婚比作“蛤蟆跳井”——可以得水，但是永世不得出来。现代人不把婚姻看得如此严重，法律也给现代人预先开了方便的后门或太平梯之类，所以典礼的隆重并不发生任何担保的价值。没有结过婚的人，把结婚后幻想成为神仙的乐境，因此便以结婚为得意事，甘愿铺张，唯恐人家不知，更恐人家不来，所以往往一面登报“一切从简”，一面却是倾家荡产地“敬治喜筵”，以为诱饵。来观婚礼的客人，除了真有友谊的，是来签到，出钱看戏，或真是双肩承一喙地前来就食！

我们能否有一种简便的、节俭的、合理的、愉快的结婚仪式呢？这件事需要未婚者来细想一下，已婚者就不必多费心了。

骂人的艺术

我做此文的用意，是助人骂人，同时也是想把骂人的技术揭破一点，供爱骂人者参考。

古今中外没有一个不骂人的人。骂人就是有道德观念的意思。因为在骂人的时候，至少在骂人者自己总觉得那人有该骂的地方。何者该骂，何者不该骂，这个抉择的标准，是极道德的。

所以根本不骂人，大可不必。骂人是一种发泄感情的方法，尤其是那一种怨怒的感情。想骂人的时候而不骂，时常在身体上弄出毛病，所以想骂人时，骂骂何妨？

但是，骂人是一种高深的学问，不是人人都可以随便试的。有因为骂人挨嘴巴的，有因为骂人吃官司的，有因为骂人反被人骂的，这都是不会骂人的缘故。今以研究所得，公诸同好，或可为骂人时之一助乎？

一、知己知彼

骂人是和动手打架一样的，你如其敢打人一拳，你先要自己忖度下，你吃得起别人的一拳否。这叫作知己知彼。骂人也是一样。譬如你骂他是“屈死”，你先要反省，自己和“屈死”有无分别。你骂别人荒唐，你自己想想曾否吃喝嫖赌。否则别人回敬你一二句，你就受不了。所以别人有某种短处，而足下也正有同病，那么你在骂他的时候，只得割爱。

二、无骂不如已者

要骂人须要挑比你大一点的人物，比你漂亮一点的，或者比你坏得万倍而比你得势的人物。总之，你要骂人，那人无论在好的一方面或坏的一方面都要能胜过你，你才不吃亏。你骂大人物，就怕他不理你，他一回骂，你就算骂着了。因为身份相同的人才肯对骂。在坏的一方面胜过你的，你骂他就如教训一般，他即便回骂，一般人仍不会理会他的。假如你骂一个无关痛痒的人，你越骂他他越得意，时常可以把一个无名小卒骂出名了，你看冤与不冤？

三、适可而止

骂大人物骂到他回骂的时候，便不可再骂；再骂则一般人对你必无同情，以为你是无理取闹。骂小人物骂到他不能回骂的时候，便不可再骂；再骂下去则一般人对你也必无同情，以为你是欺负弱者。

四、旁敲侧击

他偷东西，你骂他是贼；他抢东西，你骂他是盗，这是笨伯。骂人必须先明虚实掩映之法，须要烘托旁衬，旁敲侧击，于紧要处只要一语便得，所谓杀人于咽喉处着刀。越要骂他你越要原谅他，即便说些恭维话亦不为过，这样的骂法才能显得你所骂的句句是真实确凿，让旁人看起来也可见得你的度量。

五、态度镇定

骂人最忌浮躁。一语不合，面红筋跳，暴躁如雷，此灌夫骂座、泼妇骂街之术，不足以言骂人。善骂者必须态度镇静，行若无事。普通一般骂人，谁的声音高便算谁占理，谁来得势猛便算谁骂赢，唯真善骂人者，乃能避其锋而击其懈。你等他骂得疲倦的时候，你只消轻轻地回敬他一句，让他再狂吼一阵。在他暴躁不堪的时候，你不妨对他冷笑几声，包管你不费力气，把他气得死去活来，骂得他针针见血。

六、出言典雅

骂人要骂得微妙含蓄，你骂他一句要使他不甚觉得是骂，等到想过一遍才慢慢觉悟这句话不是好话，让他笑着的面孔由白而红，由红而紫，由紫而灰，这才是骂人的上乘。欲达到此种目的，深刻之用意固不可少，而典雅之言辞尤为重要。言辞典雅则可使听者不致刺耳。如要骂人骂得典雅，则首先要在骂时万万别提起女子身上的某一部分，万万不要涉及生理学范围。骂人一骂到生理学范围以内，底下再有什么话都不好说了。譬如你骂某甲，千万别提起他的令堂令妹。因为那样一来，便无是非可言，并且你自己也不免有令堂令妹，他若回敬起来，岂非势均力敌，半斤八两？再者，骂人的时候最好不要加入种种难堪的名词，称呼起来总要客气，即使他是极卑鄙的小人，你也不妨称他先生，越客气，越骂得有力量。骂的时节最好引用他自己的词句，这不但可以使他难堪，还可以减轻他对你骂的力量。俗话少用，因为俗话一览无遗，不若典雅古文曲折含蓄。

七、以退为进

两人对骂，而自己亦有理屈之处，则于开骂伊始，特宜注意，最好是毅然将自己理屈之处完全承认下来，即使道歉认错均不妨事。先把自己理屈之处轻轻遮掩过去，然后你再重整旗鼓，咄咄逼人，方可无后顾之忧。即使自己没有理屈的地方，也绝不可自行夸张，务必要谦逊不遑，把自己的位置降到一个不可再降的位置，然后骂起人来，自有一种公正光明的态度。否则你骂他一两句，他便以你个人的事反唇相讥，一场对骂，会变成两人私下口角，是非曲直，无从判断。所以骂人者自己要低声下气，此所谓以退为进。

八、预设埋伏

你把这句话骂过去，你便要想想看，他将用什么话骂回来。有眼梢的骂人者，便处处留神，或是先将他要骂你的话替他说出来，或是预先安设埋伏，令他骂回来的话失去效力。他骂你的话，你替他说出来，这便等于缴了他的械一般。预先安设埋伏，便是在要攻击你的地方，你先轻轻地安下话根，然后他骂过来就等于枪弹打在沙包上，不能中伤。

九、小题大做

如对方有该骂之处，而题目过小，不值一骂，或你所知不多，不足一骂，那时节你便可用小题大做的方法，来扩大目标。先用诚恳而怀疑的态度引申对方的意思，由不紧要之点引到大题目上去，处处用严谨的逻辑逼他说出不逻辑的话来，或是逼他说出合于逻辑但不合乎理的话来，然后你再大举骂他，骂到体无完肤为止，而原来惹动你的小题目，轻轻一提便了。

十、远交近攻

一个时候，只能骂一个人，或一种人，或一派人，决不宜多树敌。所以骂人的时候，万勿连累旁人，即使必须牵涉多人，你也要表示好意，否则回骂之声纷至沓来，使你无从应付。

骂人的艺术，一时所能想起的上面十条，信手拈来，并无条理。我做此文的用意，是助人骂人，同时也是想把骂人的技术揭破一点，供爱骂人者参考。挨骂的人看看，骂人的心理原来是这样的，也算是揭破一张黑幕给你瞧瞧！

『理想的饭碗』

所以捧这个饭碗的人，精神上也是愉快非常，若能捧上十年，定可延寿一纪。

前代青年人的快心事是：“洞房花烛夜，金榜挂名时。”现代青年人的快心事是：不用多大的学问而找到一个理想的“饭碗”。有人以为这不是一件易事。其实也并不难。这如同找理想的配偶或任何理想物一样，“踏破铁鞋无觅处，得来全不费工夫”。距离舍下不远的地方，就有好几个理想的“饭碗”出张所。

所里的先生们虽没有多大的学问，可也没有艄公们作揖打躬，颠头簸脑那样卖力；也没有堂倌们不出大门，日行千里那样辛苦；又不必像医师们起半夜，睡五更；更不必像律师们那样劳心苦虑，舌敝唇焦。他们不过一举手一移步之劳，就有人拿白花花的银币送上门来。休息的时间也很频数，若和每小时休息十分钟的课堂生活比较起来，有过之而无不及，确实合乎理想的卫生条件。

他们的职业环境——无论是物质的还是精神的——也不错。夏有电扇，冬有暖炉，坐有软垫，看有报纸；没事的时候，抽抽烟卷，看看马路，听听鸟语，嗅嗅花香，在红尘十丈之中，也算一个清凉的世界。和他们往来的人物中，有美人，有英雄，有哲人，有博士。对于美人与英雄，他们虽仔细端详，饱餐秀色，却没人拿问他们侮辱女性之罪，对于哲人与博士，他们也不妨施行五权宪法中之一权，寻些题目，口试一番。若是答案不满意，或态度骄矜，语言无味，他们会举起双拳，把被试者结结实实教训一顿。被试者若吃不住这一顿拳头，至多也不过请求罢手，断不致有还拳的轻举妄动。所以捧这个饭碗的人，精神上也是愉快非常，若能捧上十年，定可延寿一纪。

他们的收入，与所长（也就是所主）四六分摊。食，住，有时衣之一部分，由所长供给。所长富于德谟克拉西精神，与所员平等合作，兄弟相称。所员们的待遇一律平等，就是所长的干哥或所长夫人的介弟，也别无优待条件。他们的贵业从未演过罢工流血的风潮，也不至于演中华书局最近演的那一幕。偶尔有人失业，也不难独立营生，或简直独树一帜，自立为所长。总而言之，这个饭碗充满了家庭工业时代的一切优点，毫不沾染工业革命的一切弊害。

据说，拣这饭碗的人都是优秀分子，虽然没有多大的学问。他们除正业而外，都有副业。他们的副业不是唱歌便是弄乐器。歌喉的圆润，只有顾夫人颈上挂着的那串珠子可以拿来做比方。每当月白风清，管弦竞奏的当儿，凡在十步以内的居民，无不被他们珠圆玉润的歌喉所吸引。叫座力之大，就叫老谭复生，也要活活气死。

当他们披上那件特制的白色外褂时，很有医师的架子了。若再戴上一个呼吸隔绝器，俾执行职务时不与光顾者交换气流，那就活像一位医师，而光顾者恐怕更要踊跃呢。

他们的外貌，固然有医师般的尊严，而头衔也与医师、药剂师、画师、雕刻师、工程师、律师、会计师，或其他大师一样华贵。他们若是愿意，很可以在名片的右上角乌溜溜的印上这样一行宋体字："某某理发所理发师"。

注：本篇原载于1927年7月21日，上海《时事新报·青光》专栏，署名希腊人。

相声记

什么叫"皮儿薄"，就是说相声的一开口，底下就得立刻哗地一阵笑，一点不费事。

我要记的不是听相声，而是我自己说相声。

在抗战期间有一次为了筹什么款开游艺大会，有皮黄，有洋歌，有杂耍，少不了要一段相声。后台老板瞧中了老舍和我，因为我们两个平素就有点贫嘴刮舌，谈话就有一点像相声，而且焦德海、草上飞也都瞻仰过，别的玩意儿不会，相声总还可以凑合。老舍的那一口北平话真是地道，又干脆又圆润又沉重，而且土音土语不折不扣；我的北平话稍差一点，真正的北平人以为我还行，外省人而自以为会说官话的人就认为我说得不大纯粹。老舍的那一张脸，不用开口就够引人发笑，老是绷着脸，如果龇牙一笑，能立刻把笑容敛起，像有开关似的。头顶上乱蓬蓬的一撮毛，没梳过，倒垂在又黑又瘦的脸庞上。衣领大约是太大了一点，扣上纽扣还是有点松，把那个又尖又高的“颏里嗉”（北平土话，谓“喉结”）露在外面。背又有点驼，迈着八字步。真是个相声的角色。我比较起来，就只好去（当）那个挨打的。我们以为这事关抗战，义不容辞，于是就把这份差事答应了下来。老舍挺客气，决定头一天他逗我捧，第二天我逗他捧。不管谁逗谁捧，事实上我总是那个挨打的。

本想编一套新词儿，要与抗战有关。那时候有这么一股风气，什么都讲究抗战，在艺坛上而不捎带上一点抗战，有被驱逐出境的危险。老舍说：“不，这玩意儿可不是容易的，老词儿都是千锤百炼的，所谓雅俗共赏，您要是自己编，不够味儿。咱们还是挑两段旧的，只要说得好，陈旧也无妨。”于是我们选中了《新洪洋洞》《一家六口》。老舍的词儿背得烂熟，前面的帽子也一点不含糊，真像是在天桥长大的。他口授，我笔记。我回家练了好几天，醒来睁开眼就嚷：“你是谁的儿子…… 我是我爸爸的儿子……”家里人听得真腻烦，我也觉得一点都不好笑。

练习熟了，我和老舍试着预演一次。我说爸爸儿子的乱扯，实在不大雅，并且我刚说“爸爸”二字，他就“啊”一声，也怪别扭的。他说：“不，咱们中国群众就爱听这个，相声里面没有人叫爸爸就不是相声。这一节可千万删不得。”对，中国人是觉得当爸爸是便宜事，这就如同做人家的丈夫也是便宜事一样。我记得抬滑竿的前后二人喜欢一唱一答，如果他们看见迎面走来一位摩登女郎，前面的就喊“远看一朵花”，后面的接声说“教我的儿子喊她妈”。我们中国人喜欢在口头上讨这种阿Q式的便宜，所谓“夜壶掉了把儿”，就剩了一个嘴了。其实做了爸爸或丈夫，是否就是便宜，这笔账只有天知道。

照规矩说相声得有一把大折扇，到了紧要关头，敲在头上拍的一声，响而不疼。我说：“这可以免了。”老舍说：“行，虚晃一下好了，别真打。可不能不有那么一手儿，否则刹不住。”

一切准备停当，游艺大会开幕了，我心里直扑通。我先坐在池子里听戏，身旁一位江苏模样的人说了：“你说什么叫相声？”旁边另一位高明的人说：“相声，就是昆曲。”我心想真糟。

锣鼓歇了，轮到相声登场。我们哥儿俩大摇大摆地踱到台前，深深地向观众鞠了一躬，然后一边一块，面部无表情，直挺挺地一站，两件破纺绸大褂，一人一把大扇子。台下已经笑不可抑。老舍开言道：“刚才那个小姑娘的洋歌唱得不错。”我说：“不错！”一阵笑。“现在咱们两个小子子儿伺候一段相声。”又是一阵笑。台下的注意力已经被抓住了。后台刚勾上半个脸的张飞也蹭到台上听来了。

老舍预先嘱咐我，说相声讲究“皮儿薄”，一戳就破。什么叫“皮儿薄”，就是说相声的一开口，底下就得立刻哗地一阵笑，一点不费事。这一回老舍可真是“皮儿薄”，他一句话，底下是一阵笑，我连捧的话都没法说了，有时候我们需要等半天笑的浪潮消下去之后才能继续说。台下越笑，老舍的脸越绷，冷冰冰的像是谁欠他二百两银子似的。

最令观众发笑的一点是我们所未曾预料到的。老舍一时兴起，忘了他的诺言，他抽冷子恶狠狠地拿扇子往我头上敲来。我看他来势不善往旁一躲，扇子不偏不倚地正好打中我的眼镜框上。眼镜本来很松，平常就往往出溜到鼻尖上，这一击可不得了，哗啦一声，眼镜掉下来了，我本能地两手一捧，把眼镜接住了。台下鼓掌喝彩大笑，都说这一手儿有功夫。

我们的两场相声，给后方的几百个观众以不少的放肆的大笑，可是我很惭愧，内容与抗战无关。人生难得开口笑，我们使许多愁眉苦脸的人开口笑了。事后我在街上行走，常有人指指点点地说：“看，那就是那个说相声的！”

注：本文原载于一九四七年九月七日《益世报·星期小品》，署名绿鸽。

割胆记

各种偏方，无论中西，都能给怕开刀的人以精神上的安慰，有时也能给病人以灵验的感觉。

“胆结石？没关系，小毛病，把胆割去就好啦！赶快到医院去，下午就开刀，三天就没事啦！”——这是我的一位好心的朋友听说我患胆结石之后对我所说的一番安慰兼带鼓励的话。假如这结石是生在别人的身上，我可以完全同意他的看法，可惜这结石是生在我的这只不争气的胆里，而我对于自己身上的任何零件都轻易不肯割爱。

一九六二年五月二十二日，我清晨照例外出散步，回来又帮着我的太太提了二十几桶水灌园浇花。也许劳累了些，随后就胃痛起来。这一痛，不似往常的普通胃痛，真正的是如剜如绞，在床上痛得翻跟头，竖蜻蜓，呼天抢地，死去活来。医生来，说是胆结石症（Cholelithiasis），打过针后镇定了一会，随后又折腾起来。熬过了一夜，第二天我就进了医院——中心诊所。

除了胃痛，我还微微发热，这是胆囊炎（Cholecystitis）的征象。在这情形之下，如不急剧恶化，宜先由内科治疗，等到体温正常、健康复原之后再择吉开刀。X光照相显示，我的胆特别大，而且形状也特别，位置也异常。我的胆比平常人的大两三倍。通常是梨形，上小底大，我只是在越王勾践《卧薪尝胆图》上看见过。我的胆则形如扁桃。胆的位置是在腹部右上端，而我的胆位置较高，高三根肋骨的样子。我这扁桃形的胆囊，左边一半堆满了石头，右边一半也堆满了石头，数目无法计算。做外科手术，最要紧的是要确知患部的位置，而那位置最好是能相当暴露在容易动手处理的地方。我的胆的部位不太好，别人横斜着挨一刀，我可能要竖着再加上一刀，才能摘取下来。

感谢内科医师们，我的治疗进行得非常顺利，使紧急开刀成为不必需。七天后我出院了。医师嘱咐我，在体力恢复到最佳状态时，向外科报到。这是一个很令人为难的处境。如果在病发的那一天，立刻就予以宰割，没有话说，如今要我把身体养得好好地再去从容就义，那很不是滋味。这种外科手术叫作“间期手术”（interval operation），是比较安全可靠的。但是对病人来讲，在精神上很紧张。

关心我的朋友们也开始紧张了。主张开刀派与主张不开刀派都言之成理，但是我没有法子能同时听从两面的主张。“去开刀罢，一劳永逸，若是不开也不一定就出乱子，可是有引起黄疸病的可能，也可能导致肝癌，而且开刀也很安全，有百分之九十几的把握。如果迁延到年纪再大些，开刀就不容易了……”这一套话很有道理。“要慎重些的好，能不开还是不开，年纪大的人要特别慎重，医师的话要听，但亦不可全听，专家的知识可贵，常识亦不可忽视……”这一套话也很中听。

这时节报纸上刊出西德新发明专治各种结石特效药的广告，不用开刀，吃下药去即可将结石融化，或使大者变小，小者排出体外。这种药实在太理想了！可是一细想这样神奇的药应该经由临床试验，应该由医学机构证明推荐，何必花费巨资在报纸上大登广告？良好的医师都不登广告，良好的药品似乎也无须大吹大擂。我不但未敢尝试，也未敢向医师提起这样的神药。

中医有所谓偏方，据说往往有奇效。四年前我发现有糖尿病，我明知道这病症是终身的，无法根治，但是好心的朋友们坚持要我喝玉黍须煮的水，我喝了一百天，结果是病未好，不过也没有坏。这次我患胆石，从三个不同的来源来了三个偏方，核对之下内容完全一样，有一个特别注明为“叶天士秘方”。叶天士大名鼎鼎，无人不知，这秘方满天飞，算不得怎样秘了。处方如下：

白术二钱　白芍二钱　白扁豆二钱炒　黄芪二钱炙　茯苓二钱　甘草二钱　生姜五片　红枣二枚

就是不懂岐黄之术的人也可以看得出来这不是一服霸道的药。吃几服没有关系，有益无损，只怕叶天士未必肯承认是他的方子而已。

又有朋友老远地寄给我一包药草，说是山胞在高山采摘的专治结石的特效药，他的母亲为了随时行善，特地在庭园栽植了满满的一畦。药草像菊花叶似的，味苦。神农尝百草，不知他尝过这草没有。不过据说多少人都服了见效，一块块的石头都消灭于无形，病霍然愈。

各种偏方，无论中西，都能给怕开刀的人以精神上的安慰，有时也能给病人以灵验的感觉。因为像胆石这样的病，即使不服任何药物，也会渐渐平伏下去，不过什么时候再来一次猛烈的袭击就不得而知了。可能这一生永不再发，也可能一年半载之后又大发特发，甚至一发而不可收。所以拖延不是办法。或是冒险而开刀，或是不开刀而冒险，二者必取其一。我自内科治疗之后，体力复原很慢，一个月后体温始恢复正常，然后迁延复迁延，同时又等候着秋凉，而长夏又好像没有尽止似的燠热，秋凉偏是不来。这样的我熬过了五个月，身体上没有什么苦痛，精神上可受了折磨。胆里含着一包石头，就和肚里怀着鬼胎差不多，使得人心里七上八下地不得安宁。好容易挨到十月底，凉风起天末，中心诊所的张先林主任也从美国回来了，我于二十二日入院接受手术。

二十二日那一天，天高气爽，我携带一个包袱，由我的太太陪着，准时于上午八点到达医院报到，好像是犯人自行投案一般。没有敢惊动朋友们，因为开刀的事无论如何也不能算是喜事，而且刀尚未开，谁也不敢说一定会演变成为丧事，既不在红白喜事之列，自然也不必声张。可是事后好多朋友都怪我事前没有通知。五个月前的旧地重游，好多的面孔都是熟识的。我的心情是很坦然的，来者不怕，怕者不来，既来之则安之。我担心的是我的太太，我怕她受不住这一份紧张。

我对开刀是有过颇不寻常的经验的。二十年前我在四川北碚割盲肠，紧急开刀。临时把外科主任请来，他在发疟疾，满头大汗。那时候除了口服的Sulhnilamide〔1〕还没有别的抗生素。手术室里蚊蝇乱舞，两位护士不住地挥动拍子防止蚊蝇在伤口下蛋。手术室里一灯如豆，而且手术正在进行时突然停电，幸亏在窗外伫立参观手术的一位朋友手里有一只二尺长的大型手电筒，借来使用了一阵。在这情形之下完成了手术。七天拆线，紧跟着发高热，白血球激增，呈昏迷现象，于是医师会诊，外科说是感染了内科病症，内科说是外科手术上出了毛病，结果是二度开刀，打开看看以释群疑。一看之下，谁也没说什么，不再缝口，塞进一卷纱布，天天洗脓，足足仰卧了一个多月，半年后人才复原。所以提起开刀，我知道是怎样的滋味。

但是我忽略了一个事实。二十年来，医学进步甚为

〔1〕磺胺类药物。——编者注

可观，而且此时此地的人才与设备，也迥异往昔。事实证明，我对于开刀前前后后之种种顾虑，全是多余的。二十二日这一天，我忙着做各项检验，忙得没有工夫去胡思乱想。晚上服一颗安眠药，倒头便睡。翌日黎明，又服下一粒Morphine Atroprin[1]，不大工夫就觉得有一点飘飘然、忽忽然，软趴趴的，懒洋洋的，好像是近于“不思善，不思恶”那样的境界，心里不起一点杂念，但是并不是湛然寂静，是迷离恍惚的感觉。就在这心理状态下，我于七点三十分被抬进手术室。想象中的手术前之紧张恐怖，根本来不及发生。

剖腹，痛事也。手术室中剖腹，则不知痛为何物，这当然有赖于麻醉剂。局部麻醉，半身麻醉，全身麻醉，我都尝受过，虽然谈不上痛苦，但是也很不简单。我记得把醚（ether）扣在鼻子上，一滴一滴地往上加，弄得腮帮嘴角都湿漉漉的，嘴里“一、二、三……”应声数着，我一直数到三十几才就范，事后发现手腕扣紧皮带处都因挣扎反抗而呈淤血状态。我这一回接受麻醉，情形完全不同。躺在冰凉、梆硬的手术台上，第一件事是把氧

〔1〕吗啡阿曲普林。——编者注

气管通到鼻子上，一阵清凉的新鲜空气喷射了出来，就好像是在飞机乘客座位旁边的通气设备一样。把氧气和麻醉剂同时使用是麻醉术一大进步，病人至少有舒适之感。其次是打葡萄糖水，然后静脉注射一针，很快地就全身麻醉了，妙在不感觉麻醉药的刺激，很自然、很轻松地不知不觉地丧失了知觉，比睡觉还更舒服。以后便是撬开牙关，把一根管子插入肺管，麻醉剂由这管子直接注入肺里去，在麻醉师控制之下可以知道确实注入了多少麻醉剂，参看病人心脏的反应而予以适当的调整。这其间有一项危险，不牢固的牙齿可能脱落而咽了下去；我就有两颗动摇的牙齿，多亏麻醉师王大夫（学仕）为我悉心处理，使我的牙齿一点也没受到影响。

手术是由张先林先生亲自实行的，由俞瑞璋、苑玉玺两位大夫协助。张先生的学识经验，那还用说？去年我的一位朋友患肾结石，也是张先生动的手术。他告诉我，张先生的手不仅是快，而且巧，肉窟窿里面没有多少空间让手指周旋，但是他的几个手指在里面运用自如，单手就可以打个结子。我在八时正式开刀，十时抬回了病房。在我，这就如同睡了一觉，大梦初醒，根本不知过了多久，亦不知发生了什么事。猛然间听得耳边有人喊我，我醒了，只觉得腰腹之间麻木、凝滞，好像是梆硬的一根大木橛子横插在身体里面，可是不痛。照例麻醉过后往往不由自主地吐真言。我第一句话据说是：“石头在哪里？石头在哪里？”由鼻孔里插进去抽取胃液的橡皮管子，像是一根通心粉，足足地抽了三十九个小时才撤去，不是很好受的。

我的胆是已经割下来了，我的太太过去检视，粉红的颜色，皮厚有如猪肚，一层层地剖开，里面像石榴似的含着一大堆湿黏乌黑的石头。后来用水漂洗，露出淡赭色，上面有红蓝色斑点，石质并不太坚，一按就碎，大者如黄豆，小者如芝麻，大小共计一百三十三颗，装在玻璃瓶里供人参观。石块不算大，数目也不算多，多的可达数百块，而且颜色普通，没有鲜艳的色泽，也不清莹透彻，比起以戒、定、慧熏修而得的佛舍利，当然相差甚远。胆不是一个必备的器官，它的职务只是贮藏胆液并且使胆液浓缩，浓缩到八至十倍。里面既已充满石头，它的用处也就不大，割去也罢。高级动物大概都有胆，不过也有没有胆的，所以割去也无所谓。割去之后，立刻感觉到腹腔里不再东痛西痛。

朋友们来看我，我就把玻璃瓶送给他们看。他们的反应不尽相同，有的说：“啊哟，这么多石头，你看，早就该开刀，等了好几个月，多受了多少罪！”有的说：“啊哟，这么多石头，当然非开刀不可，吃药是化不了的！”有的说：“啊哟，这么多石头，可以留着种水仙花！”有的说：“啊哟，这么多石头，外科医师真是了不起！”随后便是我或繁或简地叙述割胆的经过，垂问殷勤则多说几句，否则少说几句。

第二天早晨，护士小姐催我起来走路。才坐起来我便觉得头晕目眩，心悸气喘，勉强下床两个人搀扶着绕走了一周。但是第三天不需扶持了，第四天可以绕室数回，第五天可以外出如厕了。手术之后立即进行运动的办法，据说是由于我们中国伤兵在第二次世界大战中所表现的惊人的成效而确立的。我们的伤兵于手术之后不肯在床上僵卧，常常自由活动，结果恢复得特别快，这给了医护人员一个启示。不知这说法有无根据？

我在第九天早晨大摇大摆地提着包袱走出医院，回家静养。一出医院大门，只见一片阳光，照耀得你睁不开眼，我不禁暗暗叫道：“好漂亮的新鲜世界！”

谈友谊

只有神仙与野兽才喜欢孤独，人是要朋友的。

朋友居五伦之末，其实朋友是极重要的一伦。所谓友谊实即人与人之间的一种良好的关系，其中包括了解、欣赏、信任、容忍、牺牲……诸多美德。如果以友谊做基础，则其他的各种关系如父子夫妇兄弟之类均可圆满地建立起来。当然，父子兄弟是无可选择的永久关系，夫妇虽有选择余地，但一经结合便以不再仳离为原则，而朋友则是有聚有散、可合可分的。不过，说穿了，父子夫妇兄弟都是朋友关系，不过形式、性质稍有不同罢了。严格地讲，凡是充分具备一个好朋友的条件的人，他一定也是一个好父亲、好儿子、好丈夫、好妻子、好哥哥、好弟弟。反过来亦然。

我们的古圣先贤对于交友一端是甚为注重的。《论语》里面关于交友的话很多。在西方亦是如此。罗马的西塞罗有一篇著名的《论友谊》，法国的蒙田、英国的培根、美国的爱默生，都有论友谊的文章。我觉得近代的作家在这个题目上似乎不大肯费笔墨了。这是不是叔季之世友谊没落的征象呢？我不敢说。

古之所谓“刎颈交”，陈义过高，非常人所能企及。如Damon[1]与Pythias[2]，David[3]与Jonathan[4]，怕也只是传说中的美谈罢。就是把友谊的标准降低一些，真正能称得起朋友的还是很难得。试想一想，如有银钱经手的事，你信得过的朋友能有几人？在你蹭蹬失意或疾病患难之中还肯登门拜访乃至雪中送炭的朋友又有几人？你出门在外之际对于你的妻室弱媳肯加照顾而又不照顾得太多者又有几人？再退一步，平素投桃报李，莫逆于心，能维持长久于不坠者，又有几人？总角之交，如无特别利害关系以为维系，恐怕很难在若干年后不变成为路人。富兰克林说：“有三个朋友是忠实可靠的——老

〔1〕—〔4〕 这四个人名都是希腊神话中的人物，此处不做中文翻译。——编者注

妻、老狗与现款。”妙的是这三个朋友都不是朋友。倒是亚里士多德的一句话最干脆：“我的朋友们呀！世界上根本没有朋友。”这些话近于愤世嫉俗，事实上，世界里还是有朋友的，不过虽然无须打着灯笼去找，却是像沙里淘金而且还需要长时间的洗炼。一旦真铸成了友谊，便会金石同坚，永不退转。

大抵物以类聚，人以群分。臭味相投，方能永以为好。交朋友也讲究门当户对，纵不必像九品中正那么严格，也自然有个界限。“同学少年多不贱，五陵裘马自轻肥”，于“自轻肥”之余还能对着往日的旧游而不把眼睛移到眉毛上边去么？汉光武容许严子陵把他的大腿压在自己的肚子上，固然是雅量可风，但是严子陵之毅然决然地归隐于富春山，则尤为知趣。朱洪武写信给他的一位朋友说：“朱元璋做了皇帝，朱元璋还是朱元璋……”话自管说得很漂亮，看看他后来之诛戮功臣，也就不免令人心悸。人的身心构造原是一样的，但是一入宦途，可能发生突变。孔子说，无友不如己者。我想一来只是指品学而言，二来只是说不要结交比自己坏的，并没有说一定要我们去高攀。友谊需要两造。假如双方都想结交比自己好的，那便永远交不起来。

好像是王尔德说过，“一个男人与一个女人之间是不可能有友谊存在的”。就一般而论，这话是对的，因为男女之间如有深厚的友谊，那友谊容易变质，如果不是心心相印，那又算不得是友谊。过犹不及，那分际是难以把握的。忘年交倒是可能的。祢衡年未二十，孔融年已五十，便相交友，这样的例子史不绝书，但似乎也是以同性为限。并且以我所知，忘年交之形成固有赖于兴趣之相近与互相之器赏，但年长的一方面多少需要保持一点童心，年幼的一方面多少需要显着几分老成。老气横秋则令人望而生畏，轻薄儇佻则人且避之若浼。单身的人容易交朋友，因为他的情感无所寄托，漂泊流离之中最需要一个一倾积愫的对象，可是等到他有红袖添香稚子候门的时候，心境便不同了。

“君子之交淡如水”，因为淡所以才能不腻，才能持久。“与朋友交，久而敬之。”敬也就是保持距离，也就是防止过分的亲昵。不过“狎而敬之”是很难的。最要注意的是，友谊不可透支，总要保留几分。马克·吐温说：“神圣的友谊之情，其性质是如此的甜蜜、稳定、忠实、持久，可以终身不渝，如果不开口向你借钱。”这真是慨乎言之。朋友本有通财之谊，但这是何等微妙的一件事！世上最难忘的事是借出去的钱，一般认为最倒霉的事又莫过于还钱。一牵涉到钱，恩怨便很难清算得清楚，多少成长中的友谊都被这阿堵物所戕害！

规劝乃是朋友中间应有之义，但是谈何容易。名利场中，沆瀣一气，自己都难以明辨是非，哪有余力规劝别人？而在对方则又良药苦口忠言逆耳，谁又愿意让人批他的逆鳞？规劝不可当着第三者的面前行之，以免伤他的颜面，不可在他情绪不宁时行之，以免逢彼之怒。孔子说："忠告而善道之，不可则止。"我总以为劝善规过是友谊之消极的作用。友谊之乐是积极的。只有神仙与野兽才喜欢孤独，人是要朋友的。"假如一个人独自升天，看见宇宙的大观，群星的美丽，他并不能感到快乐，他必要找到一个人向他述说他所见的奇景，他才能快乐。"共享快乐，比共受患难，应该是更正常的友谊中的趣味。

谈时间

“冬天一到，春天还会远吗？”可是你一共能看见几次冬尽春来呢？

希腊哲学家Diogenes[1]经常睡在一只瓦缸里，有一天亚历山大皇帝走去看他，以皇帝的惯用的口吻问他：“你对我有什么请求吗？”这位玩世不恭的哲人翻了翻白眼，答道：“我请求你走开一点，不要遮住我的阳光。”

这个家喻户晓的小故事，究竟涵义何在，恐怕见仁见智，各有不同的看法。我们通常总是觉得那位哲人视尊荣犹敝屣，富贵如浮云，虽然皇帝驾到，殊无异于等闲之辈，不但对他无所希冀，而且亦不必特别地假以颜

---

〔1〕 第欧根尼，古希腊哲学家。——编者注

色。可是约翰逊博士另有一种看法，他认为应该注意的是那阳光，阳光不是皇帝所能赐予的，所以请求他不要把他所不能赐予的夺了去。这个请求不能算奢，却是用意深刻。因此，约翰逊博士由“光阴”悟到“时间”，时间也者虽然也是极为宝贵，而也是常常被人劫夺的。

“人生不满百”，大致是不错的。当然，老而不死的人，不是没有，不过期颐以上不是一般人所敢想望的。数十寒暑当中，睡眠去了很大一部分。苏东坡所谓“睡眠去其半”，稍嫌有点夸张，三分之一左右总是有的。童蒙一段时期，说它是天真未凿也好，说它是昏昧无知也好，反正是浑浑噩噩，不知不觉；及至寿登耄耋，老悖聋瞑，甚至“佳丽当前，未能缱绻”，比死人多一口气，也没有多少生趣可言。掐头去尾，人生所余无几。就是这短暂的一生，时间亦不见得能由我们自己支配。约翰逊博士所抱怨的那些不速之客，动辄登门拜访，不管你正在怎样忙碌，他都觉得宾至如归，这种情形固然令人啼笑皆非，我觉得究竟不能算是怎样严重的“时间之贼”。他只是在我们的有限的资本上抽取一点捐税而已。我们的时间之大宗的消耗，怕还是要由我们自己负责。

有人说：“时间即生命。”也有人说：“时间即金钱。”

二说均是，因为有人根本认为金钱即生命。不过细想一下，有命斯有财，命之不存，财于何有？有钱不要命者，固然实繁有徒，但是舍财不舍命，仍然是较聪明的办法。所以《淮南子》说："圣人不贵尺之璧而重寸之阴，时难得而易失也。"我们幼时，谁没有做过"惜阴说"之类的课艺？可是谁又能趁早体会到时间之"难得而易失"？我小的时候，家里请了一位教师，书房桌上有一座钟，我和我的姊姊常乘教师不注意的时候把时针往前拨快半个钟头，以便提早放学。后来被老师觉察了，他用朱笔在窗户纸上的太阳阴影划一痕记，作为放学的时刻，这才息了我们逃学的念头。

时光不断地在流转，任谁也不能攀住它停留片刻。"逝者如斯夫，不舍昼夜！"我们每天撕一张日历，日历越来越薄，快要撕完的时候便不免矍然一惊，惊的是又临岁晚，假使我们把几十册日历装为合订本，那便象征我们的全部的生命，我们一页一页地往下扯，该是什么样的滋味呢？"冬天一到，春天还会远吗？"可是你一共能看见几次冬尽春来呢？

不可挽住的就让它去罢！问题在，我们所能掌握的尚未逝去的时间，如何去打发它。梁任公先生最恶闻"消遣”二字，只有活得不耐烦的人才忍心去“杀时间”。他认为一个人要做的事太多，时间根本不够用，哪里还有时间可供消遣？不过打发时间的方法，亦人各不同，士各有志。乾隆皇帝下江南，看见运河上舟楫往来，熙熙攘攘，顾问左右：“他们都在忙些什么？”和珅侍卫在侧，脱口而出：“无非名利二字。”这答案相当正确，我们不可以人废言。不过三代以下唯恐其不好名，大概名利二字当中还是利的成分大些。“人为财死，鸟为食亡。”时间即金钱之说仍属不诬。诗人渥资华斯有句：

> 尘世耗用我们的时间太多了，夙兴夜寐，赚钱挥霍，把我们的精力都浪费掉了。

所以有人宁可遁迹山林，享受那清风明月，“侣鱼虾而友麋鹿”，过那高蹈隐逸的生活。诗人济慈宁愿长时间地守着一株花，看那花苞徐徐展瓣，以那是人间至乐。嵇康在大树底下扬锤打铁，“浊酒一杯，弹琴一曲”；刘伶“止则操卮执觚，动则挈榼提壶”，一生中无思无虑其乐陶陶。这又是一种颇不寻常的方式。最彻底的超然的例子是《传灯录》所记载的：“南泉和尚问陆亘曰：‘大夫十二时中作么生？’陆云：‘寸丝不挂！’”寸丝不挂即是了无挂碍之谓，“本来无一物，何处惹尘埃？”这境界高超极了，可以说是“以天地为一朝，万期为须臾”，根本不发生什么时间问题。

人，诚如波斯诗人莪漠伽耶玛[1]所说，来不知从何处来，去不知向何处去，来时并非本愿，去时亦未征得同意，糊里糊涂地在世间逗留一段时间。在此期间内，我们是以心为形役呢？还是立德立功立言以求不朽呢？还是参究生死直超三界呢？这大主意需要自己拿。

〔1〕《辞海》收录为莪默·伽亚漠（Omay Khayyam，1408—1131），波斯诗人、数学家、天文学家。